談情說愛

 學英文 LOVE...

鄭麗園 著

———— 序 ————

美國 19 世紀的女詩人艾米莉・狄更斯說：「直到我愛過，我才不算苟活」，道盡了愛情在人類生命中的不可或缺性。

滾滾紅塵中的情侶，對愛情自有程度各異的體會，但當他們試著詮釋愛情時，未必能我口說我心；而那些尚未被丘比特相中的人，只有從大眾文化中去獲得零星的愛情刻板印象，可惜這些描繪常流於失真，以至於難以對愛情真貌有所掌握。

本書所輯的兩百餘則名言，分別擷取自多位古典及現代作家的智財，以多重角度呈現愛情的諸多面向。不論你獨自一人在多雨的周末午後，或與情人窩在咖啡雅座溫存時，皆適合翻開它來共同咀嚼，讓細膩貼切的浪漫字眼，溫暖你的心，觸動你的靈魂，享受那份內心深處的隱藏情感被瞬間撩起的悸動。

本書大致以愛的哲理、情書、男女關係、性、婚姻及

失婚等主題來區分章節，方便索引，事實上讀者可隨意從任何一頁讀起，皆無礙對愛情真義的探索，更可藉朗吟字句之間，收到學習英文的附加價值。

附帶一提的是，這本書不是工具書，無法教你如何找到愛，或覓得顛撲不破的愛情基本法則，因為愛情是言有盡而意無窮的玩意，最是無「理」可談。然而，通過古文豪莎士比亞、布朗寧夫婦、馬克‧吐溫到今日的影星伍迪‧艾倫及美國電視女主持人羅珊等人的機智珠璣，它們至少能建構出愛情的基本輪廓，有助你日後經營成功情愛生活的參考。

不管你是一位無可救藥的浪漫人士，或正掙扎著如何表達深情的迷惘者，希望這本情愛滿溢的寶庫，能打動你及你所思慕的人的心。

目 錄

Falling in Love

...墜入情網

I can see from your utter misery, from your eagerness to misunderstand each other, and from your thoroughly bad temper that this is the real thing. （Peter Ustinov）
我從你極端的悲悽，如此亟切地去彼此誤會，及你徹底的壞脾氣，我知道你這回是鬧真的。

戀愛中人尤其細緻敏感。從尤斯汀諾夫這句話，不禁教人懷疑這位一會兒悲悽一會兒發飆的戀人，是陷入人世間最大也最難擺脫的情繭之中，正癡嗔的自我折磨呢。不管他是得不到的想得到，得到手的想拋開，還是初嚐兩情相悅的患得患失或陷於臆測與不安的幻得幻失，恰道盡了情愛的不確定之美，而這種你情我願的相互摧折，不正是初識情人互動中最迷人的一環？

....

解構英文：

　　utter 這個字很傳神好用。當動詞時，是發表、吐露之意：She is too sad to utter her feelings. （她太傷心了，以至於無法表達她的感情）。

但在尤斯汀諾夫這句話中 utter 是形容詞，意為絕對、全然的，如：an utter denial（一個絕對的拒絕）。utter 亦常被用作副詞，如：It is utterly unacceptable.（它是絕對地無法被接受。）

另，請務必注意句中 thorough（徹底）的拼法，它與 thought（以為，think 的過去式）及 through（通過）是不是長得很像？

· ·

Peter Ustinov 彼德·尤斯汀諾夫：國際知名演員，劇作家及製片。因擁有俄、德、法及義國血統，且至少能說 6 種語言，被視為世界公民。寫過 20 本話劇，8 本書及 9 部電影劇本，共演過 35 部電影，導過的電影歌劇及話劇更不計其數。自 1960 年起擔任聯合國兒童組織親善大使。

_____

_____

_____

_____

Be wary of puppy love; it can lead to a dog's life.
（Gladiola Montana and Texas Bix Bender）
小心情竇初開的日子，因為它可能引你到連狗都
不如的日子。

解構英文：

puppy 為不到一歲的小狗，puppy love 指的是少男
少女短暫的迷戀，與 calf love 的說法同義。dog's life
則指極端不愉快且飽受騷擾的生活。

片語 be wary of：小心、警覺之意，與 be careful,
watchful 同義。

片語 lead to：領往、通往、導致。Hard work leads
to success.（努力工作可達成功）。

. . . .

Gladiola Montana and Texas Bix Bender 葛萊蒂
奧拉‧蒙坦娜暨德克瑟斯‧般德：兩人曾分別
撰寫《女牛仔對人生的指引》（*Cowgirl's Guide
to Life*）及《男牛仔對人生的看法》（*Cowboy's
Guide to Life*），且曾合作完成《牛仔談情說愛
大指南》（*A Cow folk's Guide to Romance*）。
基本上，兩人慣以雙關語及典型西部牛仔的機
智來抒發，讀了教人莞爾。

The only useful thing about chemistry is that it explains why you always fall for jerks. （Bruce Lansky）

你總是愛上性情古怪的人的唯一解釋就是你們相互來電。

我們說某人與某人來電，指的就是他倆所釋放之電波相容，一下就看對眼，這即是蘭斯基此言中所指的化學作用。再說白一點就是，你明知某人性格怪異，仍不自主的迷戀上他，唯一能說得通的就是你倆頻率相當，在強烈的彼此吸引下，便渾然見不著對方的缺點了。

. . . .

解構英文：

　　jerk 是俚語，指的是天眞到可鄙程度，不合邏輯或不足取之士。

　　片語（口語）fall for：受……誘惑（欺騙）；被……迷住，愛上……。Eve fell for the serpent. （夏娃受了蛇的誘惑。）

Bruce Lansky 布魯斯·蘭斯基：孩童詩集暢
銷書作者。蘭斯基不僅勤於著述，更跑遍全美
各小學現身說法，講述讀詩寫詩的樂趣。

_____

_____

_____

_____

_____

_____

_____

_____

_____

_____

_____

_____

A guy knows he's in love when he...loses interest in his car for a couple of days.（Tim Allen）
當一名男子連續兩三天對愛車失去興趣，他便知道他戀愛了。

曾在一部美國喜劇片中聽到一位待字閨中的傻大姐，以半認真半開玩笑的口氣對她的弟弟說：「為了吸引男人，我特別選用一種名字叫做『新車內部』的香水哩！」，言下之意，似是希望能在男人身上產生點移情作用，或「愛花連枝惜」的效果。因為據研究，只要是男人，就幾乎沒有不愛車子的，一旦他有朝一日忽然對愛車失去興趣，吸引他的另一件東西肯定擁有了不得的力量，而環顧世間物，恐怕只有愛具有這分神力。不過在艾倫的字句中，特別點明了兩三天，似亦間接說明，愛情在男人生活中的重要性，再怎麼說，是不可能與將情愛視為生命的女人等量齊觀的。

解構英文：

　　guy 是非正式用語，意指男人、男孩、傢伙之謂，有時 guy 是中性字，男女皆適用，如：Could one of you guys help me with this?（你們這些人中有哪一位幫我弄一下這個？）

　　小王戀愛了（Mr.Wong is in love.），如果不用 be 動詞，則可用 fall 這個字眼：fall in love，至於失戀則是 fall out of love（失戀）。

. . . .

Tim Allen 提姆‧艾倫：因有線電視節目 Home Improvement 的大受歡迎而走紅的美國喜劇明星。除影藝天分外，他尚且設計合乎人體工學的各類工具，不過他最瘋狂的興趣還在於組裝汽車，曾多次自組車隊參加賽車比賽。

_____

_____

_____

Many a man in love with a dimple makes the mistake of marrying the whole girl. （Stephen Leacock）

許多男子愛上女孩的酒窩，結果竟犯了迎娶整個女孩的錯誤。

也許是女孩淺淺的微笑，風姿綽約的蓮步輕移，或舉手拂弄秀髮的媚態，吸引了男子的目光，激發了他的愛慕情懷，此時此刻真是唯美唯心的黃金時段。但不可否認的，有距離的遠觀有不可言喻的朦朧之美，其中有不少成分被我們自己用幻想，加以美化渲染膨脹。待有朝一日真將女孩迎娶回家，日復一日近距離的現實摩擦，將當初自我編織的唯美幻象給耗蝕殆盡。無怪乎，你常聽到使君有婦者要有事沒事自我調侃道：「誰要我當初被她的一頭秀髮（或會笑的明眸）給騙了？」其實女孩的酒窩還在，明眸放電依舊，所差的是，那要命的零距離將幻想空間完全扼殺了。

解構英文：

many a 雖是「甚多」之意，但後面必須跟著單數名詞及單數動詞。舉例來說：Many a man has been killed.（為數不少的人被殺），此句與 Many men have been killed.的中文意思完全一樣，但請注意兩句的名詞及動詞因使用 many a，或 many 的不同而有所區別。

· ·

Stephen Leacock：加拿大馬克吉爾大學教授，曾撰寫過多本有關歷史及政經類書籍，不過他比較有名的幾本書是他的幽默小品。他的幽默植基於人類行為之表象與實際間的不和諧，並試著從社會弱點發掘出喜劇觀點。

A lot of people wonder how you know if you're really in love, just ask yourself this one question: would I mind being destroyed financially by this person?（Ronnie Shakes）

許多人很想知道如何判定自己是否真正戀愛了，只消問你自己這個問題：我是否在乎在財務上被此人完全摧毀？

熱戀中的男女為了證明此情不渝，常發出殉情的重誓，然而：「自古艱難唯一死」，比較實際的自我評斷方法，恐怕還是雪克斯所建議的，誠實的捫心自問，一旦自己的財產被愛人隨意揮霍淨盡，是否有終不悔的豪情？如果你能毫不以為意，那閣下肯定已墜入情網，且陷得頗深矣。

· ·

解構英文：

英文中有些動詞後面只接動名詞而不接不定詞，如 avoid（避免），enjoy（享受樂趣），mind（介意），finish（完成），complete（完成）等。例如：We must avoid doing such a thing.（我們必須避免做這件

事）。

　　雪克斯這句話中的 would I mind being destroyed 是被動動名詞的用法，所以在 mind 之後的 be 動詞變為動名詞 being。

. . . .

Ronnie Shakes 羅尼・雪克斯：格言家。

_____

_____

_____

_____

_____

_____

_____

_____

_____

_____

I love you so passionately, that I hide a great part of my love, not to oppress you with it.（Marie de Rabutin-Chantal）我是如此瘋狂的愛你，因此我將大部分的愛藏起，才不會讓你有壓迫感。

一位情場春風得意的老將曾說過，愛從未死於飢餓，但常死於消化不良，難怪塞維尼侯爵夫人要將自己的大部分愛隱藏起來。男女分手的原因很多，有一種情形是一方抱怨另一方愛得太多太濃，以至於教人覺得窒息，為避免走到這一步，愛情天秤高的一方得念茲在茲的刻意隱瞞大部分情意，以免造成對方的壓力。其實這種論調似是而非，因為有過戀愛經驗者都知道，當兩人用情深到極點，是怎麼愛都不嫌多的。所以戀愛中的情人請注意囉，當你的另一半開始嘀咕被愛得太深時，恐怕是準備為走味的感情預留理想託辭吧。

解構英文：

passion 常用在男女強烈情慾上，但這份激情可以

對人亦可對事物。如 He has a passion for music.（他對音樂極其愛好）。此字的形容詞是 passionate：易動感情的，多情的。

. . . .

Sevigne, Marie de Rabutin-Chantal 塞維尼侯爵夫人（1626-1696）：法國女作家，其書信在法語和其他語言中均為書簡類作品劃時代的典範。她出生在貴族世家，惜夫婿性好漁色，婚後未幾就因爭奪一名妓女與人決鬥身亡，留下一女一子。1669 年女兒出嫁、移居普羅旺斯，與女兒分居兩地的塞維尼夫人感到異常孤獨，遂常寫信給她女兒，因而造就出她最重要的文學成就：書簡。

No one can understand love who has not experienced infatuation. And no one can understand infatuation, no matter how many times he has experienced it.
（Mignon McLaughlin）

沒有迷戀過的人是不會瞭解愛情的。而不管一個人有過多少次迷戀經驗，都沒有辦法參透迷戀是怎麼回事。

解構英文：

與感情有關的英文字不少，在此將幾個常見的字稍作詮釋：如 infatuation 指的是一頭栽入後神魂顛倒的一段愚蠢的迷情（foolish or all-absorbing passion）。

flirtation 即中文的打情罵俏，表面上看似有幾分情意，但骨子裡也許另有盤算（a love affair that is not serious）。

crush 原意為擠壓，但衍生之意為對某人有種強烈但通常很短暫的愛戀（an intense but usually short-lived infatuation），比方，誰是你最近的新歡啊？英文可以這樣說：Who is your latest crush?

Mignon McLaughlin 米格儂‧麥克勞林：格言家。

_____

_____

_____

_____

_____

_____

_____

_____

_____

_____

The mark of a true crush...is that you fall in love first and grope for reasons afterward. （Shana Alexander）

迷戀的確切標記是：你先陷入情網，稍後才探索理由。

解構英文：

crush 當名詞時有壓碎，擁擠之意，如：orange crush（橘子汁）。There was a crush in the narrow exits after the football game. （足球賽結束時，狹窄的出口處擁擠不堪）。

但亞力山卓這句話中的 crush 指的是迷戀。如：The other girls say he has a crush on me. （別的女孩們說他迷上了我。）

grope 意指（暗中）探索尋求。片語 grope for, grope after 皆是探索之意。如 He groped in his pocket for his ticket. （他在口袋中摸索著找票）；We are groping after （for） the truth. （我們正在探索真相。）

Shana Alexander 珊娜‧亞力山卓：是一位足跡踏遍全球的資深女記者，曾任美國第一本女性雜誌 *McCall's* 的編輯，新聞周刊的專欄作家，並擔任過電視節目「六十分鐘」的主持人，採訪生涯長達 50 年之久。

There is no love like the fever of first love. I don't wish it on a soul, I don't hate anyone enough. （Carol Matthau）
沒有一種愛像初次陷入愛河那樣狂熱。我不希望它降臨到任何人身上，畢竟我還沒有那麼恨一個人。

解構英文：

表程度的副詞如 very（很），quite（相當、十分、完全地），fairly（相當地），通常置於其所修飾的形容詞或副詞之前，唯有 enough（足夠）需置於所修飾的形容詞、副詞或動詞之後，從下面的一些例句，應可看出區別：

It is **very** *interesting*. （它很有趣。）

I know him **quite** *well*. （我對他十分熟悉。）

He is a **fairly** *good* cook. （他是個相當好的廚子。）

The meat is not *cooked* **enough.** （這肉煮得還不夠熟。）

注意：例句中的最後一句與凱洛‧馬梭句中的 I don't *hate* anyone **enough**.一樣，將 enough 置於所修飾的動詞後面。

Carol Matthau 凱洛・馬梭：生平不詳。

_____

_____

_____

_____

_____

_____

_____

_____

_____

_____

_____

_____

We always believe our first love is our last and our last love is our first.（George Whyte-Melville）

我們總是相信：我們的初戀是我們最後的一次，而最後一次戀情是我們的初戀。

這句念起來像繞口令的英文，若細細咀嚼，是滿有道理的。可不是嗎？初次被丘比特的箭射中的天真戀人，愛得如癡如醉時，心裡渴望的自然是兩人終成眷屬，從此無須在茫茫人海中尋尋覓覓！有道是「人人要結後生緣，儂只今生結目前」，我要的就是今生今世，甚至此時此刻與情人的深情繾綣。至於希望最後一次的戀情要如初戀般，嚮往的無非是初戀的純真與甜美啊！

George Whyte-Melville 喬治‧懷特麥威爾（1821-1878）：蘇格蘭軍人及小說家。

It's never too late to fall in love, for Autumn is just as nice as Spring.（Sandy Wilson）

談戀愛永不嫌晚，就像春天與秋天是一樣美好般。

　　愛情是年輕人的專利？老年人的七情六慾會因歲月的奔馳而消失嗎？其實是有愛的人 80 歲照樣談戀愛，無愛的人 18 歲也不懂得愛！相信很多人都同意：老年人一旦動情可能比年輕人更熾熱更執著呢！換言之，愛情是沒有年齡之分的，也無涉生活經驗的多寡，不管是少女情竇初開的稚嫩感情，或雞皮鶴髮的黃昏之戀，只要碰上了，各種瘋狂的戀愛症候群保證都會相繼出現。英國大文豪蕭伯納不是到了坐五望六之年，還寫下：「我跌入錯亂囈語和撲向毀滅的狂喜中」等動人字句，給他心儀的戀人嗎？! 這其實是很值得鼓勵的，畢竟處於夕陽無限好，只是近黃昏的老耄之年，若有生平未展眉虛度此生之憾，如今竟又出其不意的跌入情網，重享愛與被愛的悸動，不珍惜豈不成了老傻瓜。

解構英文：

片語 too…to 意思是「太……以至於無法」。如：
He is too sick to travel.（他病得太厲害以至於無法旅行。）

威爾森這句話的前半句直譯便是「永遠不會太遲到以至於無法談戀愛」。

此句中的 for（因為）係對等連接詞，用以引導附帶說明的文句，以表達前述事情的理由。其所引導的子句置於句子的後半或中間，前面通常有個逗點，是比較文謅謅的用法，一般口語則習用 because、as。

至於片語 as…as 意思為「和……一樣」：He is as tall as you（are）.（他和你一樣高。）

英文裡指男女年紀懸殊的老少配有一個慣用詞：May-December Romances（五月與十二月的戀情）。

・・・・・・・・・・・・・・・・・・・・・

Sandy Wilson 山迪・威爾森：一位被忽略的英國音樂劇作家。1954 年，他的音樂劇 "The Boy Friend" 在倫敦西區曾創下演出 2000 多場欲罷不能的盛況，但之後的所有作品都不順利。

We hide the truer part of ourselves when we love.

（Edna O'Brien）

戀愛時，我們常將比較真實的一面隱藏起來。

戀愛時面對心儀的對象時，我們一方面渴望對方認識自己，另一方面又免不了整個自我拘束起來，這就是情愛教人迷惘刺激之處。戀人要彼此試探，試探情愛遊戲中的濃淡輕重，及進退策略的底線，因此怎可能一開始就將自己的底牌全給掀開？畢竟撲朔迷離的挑逗比赤裸直接要高明得多哩。

解構英文：

the truer（比較真實的）是 true（真實的）的比較級，它的最高級是 the truest（最真實的）。

Edna O'Brien 艾德娜・歐布萊恩 （1932-）：愛爾蘭小說家及電影劇本作家。《鄉下姑娘們》（*The Country Girls Trilogy and Epilogue*），《強尼我幾乎不認識你》（*Johnny I Hardly Know You*）等小說皆頗受歡迎。

Love clamors far more incessantly and passionately at a closed gate than an open one.

（Marie Corelli）

當愛情面對一扇緊閉之門時，肯定比面對一扇敞開之門，更顯激情亢奮而難以止歇。

這句話頗有我們中國人所說的「得不到就愈顯珍貴」的意味，也讓我聯想到「歷史上了不起的戀人之所以能名留青史，就因他們從未獲得彼此」的說法，前者展現的是人的劣根性，後者多少有苦肉計的成分！其實，愛情遇上投緣的人就肯定溫柔，但若有一方苦無對等回應，那就殘酷得緊。常見有人被愛沖昏腦袋，心裡有許多話想向心儀者吐露，偏偏對方竟毫無所動，不願打開緊閉的窗扉，但愛戀者仍不放棄的死纏，徒教人不忍。但愛情畢竟不是慈善，即使是對方有朝一日受癡情所感而有所回應，那種感情是不是愛，恐怕還要考慮呢。

解構英文：

　　句中的 far 在此不是距離遙遠之謂，而是帶加強語氣的「遠較」或「極為」，但因為後面修飾的是比較級，因此絕對不能用 very 這個字，如：Iron is far（= much）heavier than wood.（鐵遠比木頭重）。

　　句末的 one 其實就是 gate（門）的替代字，之所以如此，乃因不想重複 gate 這個字，以免顯得累贅。

・・・・・・・・・・・・・・・・・・

Marie Corelli 瑪莉・科里利（1855-1924）：英國女作家，寫過 28 本浪漫長篇小說，其中以《兩個世界的故事》（*A Romance of Two Worlds*），《魔鬼的悲傷》（*The Sorrows of Satan*）最受注目。

_____

_____

_____

_____

A great many people fall in love with or feel attracted to a person who offers the least possibility of a harmonious union. （Rudolf Dreikurs）

有太多的人愛上或迷戀上最不可能締結金玉良緣的對象。

這句話也許令人覺得不太中聽，但以美國官方公布的驚人數字來看，世上的怨偶還真不少呢。據一項1997年的統計，美國人婚姻維持的平均期是7.2年，在該年一整年中每千人就有4.1人會離婚。或許就是擔心動輒得走上離婚之路收場的後遺症，有48％的美國家庭是由未婚父母組成的，而25歲到34歲間適婚年齡的美國人中，亦有高達35％的1400萬人迄今仍未結過婚。很不幸，這些會說話的數字，似是為崔克斯這句教人喪氣的話，作了強而有力的註解。

解構英文：

A great many/a good many 皆是「甚多」之意，後面接複數名詞及複數動詞。如：There *are* **a great many** books in it.（裡面有很多書）。崔克斯這句中的 people（人們）是集合名詞，與 persons（很多人）可以畫等號，然而，當這個字前加上一個不定冠詞時，意思就成了一個民族（a people），後面要跟單數動詞，若以 peoples 形式出現，指的是許多民族，其後接複數動詞。

　　片語 fall in love with：與……人戀愛。

　　the least（最少）是 little（少的）的最高級，至於 less（比較少的）則是比較級。

　　harmony（和諧）形容詞是 harmonious（和諧的）。

. . . .

Rudolf Dreikurs 魯道夫・崔克斯（1897-1972）：美國精神病學者和教育家。曾將奧地利心理學家艾德勒的個人心理學體系發展成為實用的方法，以瞭解兒童錯誤行為目的，並激勵兒童表現合作行為，而不需獎懲。

Heart

...心

Before we love with our heart, we already love with our imagination.（Louise Colet）

在我們的心墜入情網前，我們的想像力早已浪漫起來了。

記得托瑪斯曼的經典作品《威尼斯之死》（*Death in Venice*）有這麼一則故事：一位才華橫溢的藝術家阿森巴赫，度假期間見著一位 14 歲的長髮美少年，從此阿森巴赫整個心靈被男孩出塵絕俗的美所震撼，深深陷入情網不能自拔，最後為了多看男孩幾眼，竟孤獨的死於海灘上。顯然阿森巴赫癡戀著的那個情，就是被自己的幻想大量美化所欺騙！或許有人要說，阿森巴赫唯美的情困案例並不常見，但初戀情人間彼此憧憬著對方擁有最完美的人格特質，老實說，恐怕都是因隔山望雲，霧裡觀花，忒顯朦朧之美的幻想結果吧。

. . . .

Louise Colet 科萊夫人（1810-1876）：法國詩人，小說家。1834 年嫁給音樂家 H.科萊。她

在巴黎與福樓拜曾有一段長達 8 年的熱烈交往。分手後她寫了一部辛辣的小說《他》（*A View of Him*），引起轟動。其他摯友還有詩人繆塞和維尼，以及哲學家庫幸。後者通過與官方的關係，使她獲得文學獎金和常年津貼。

Love is in constant potential and sometimes the mind is the last to know. But the heart may sense from across the room, from across worlds, that the beloved is approaching and the journey of another lifetime is about to begin.

(Stephen and Ondrea Levine)

愛情是具恆久潛力的，往往理智到最後才覺察出，但心早已穿越房間，橫跨世界，感受到所愛的人正逐步逼近，另一段生命旅程即將開始。

解構英文：

「the+形容詞」等於複數名詞（於文言中用之），如：**The rich**（=Rich People）*are* not always happy.（富者未必幸福。）

但在下述特例中卻用作單數名詞，如故人（the deceased），而李文夫婦句中的愛人（the beloved）皆屬此類。

片語 is about to 係美國口語，意為即將去（做），比 is going to 更具文語意味，且更能明確表達即將發生的意思。

Stephen and Ondrea Levine 史提芬暨翁德麗亞·李文夫婦：國際知名的演說家及作家，經常針對人際關係及面對死亡等精神層面的話題作探索，兩人已累聚了三十餘年照顧癌症病患的經驗。

談情說愛學英文

When it comes to love ...never be reckless with someone else's heart. And don't put up with someone else being reckless with yours! （Ruby Bridges-Hall）

碰到愛情這件事時……永遠別率性撩弄別人的心，但也別坐視讓別人玩弄了你的心。

心是身體器官內最脆弱的，戀人一個虛假的誓言就足以讓它碎成好幾萬片，因此奉勸世間男女，勿輕易玩弄旁人感情，也得提防自己陷入情困的泥淖！好在世上沒有幾個人真的死於心碎，將它緊黏回去，再給予一段合理的休憩期，這顆老心依然像嶄新的心般，可以讓你再度陷入幾乎如出一轍的心蕩神逸的麻煩中哩。

. . . .

解構英文：

片語 put up with （忍受），如：I couldn't **put up with** the noise any longer. （我無法再忍受這噪音了。）

reck （動詞）：介意，關懷（通常用於詩或古句裡的否定句或疑問句）。如：He *recked not* what might happen.（他不介意可能發生什麼事）；reckless（形容詞）：不在意的（通常後面都接介系詞 of，如：He is **reckless of** danger.（他不顧危險）但因為布里吉斯赫爾這句話中指的是不在乎某人，因此用介系詞 with，如：be reckless with someone.

. . . .

Ruby Bridges-Hall 魯比‧布里吉斯赫爾：1960年代成為第一個註冊就學於紐奧良威廉法蘭茲學校的非裔美國學生，雖然她面對來自白人社區的死亡威脅，且父親及祖父亦被迫離開已耕種了三十年的農場，但她及父母皆認為她的勇敢舉措將使全美學生獲益。

Love anything and your heart will be wrung and possibly broken. If you want to make sure of keeping it intact, you must give it to no one. Wrap it carefully round with hobbies and little luxuries: avoid all entanglements.

（C.S.Lewis）

愛任何人，你的心都將陷入煩惱，且可能心碎。如果你想確保心的完整無傷，絕不能將心交給任何人。以嗜好及小小的奢侈品好好的將心裹好，避開所有情感糾葛。

　　有些人看似不解風情，或對愛少了根筋，其實可能是刻意逃避感情，以免日後受傷，因為陷入過情網者都對路易士的另一句話「要愛就注定要受傷害」（To love is to be vulnerable.）的後果了然於心，因此除非是無可救藥的情不自禁，寧願將心全面武裝起來，以免徒然讓自己步上古人所說的「自古多情空遺恨」也。但話說回來，我不贊成用閱讀，旅行或其他興趣來填滿，因為這些有趣的嗜好都是人類對事對物的愛，是以動對靜，談不上激越與執著，與人對人的癡嗔是毫

不相干的兩碼事的。

．．．．．．．．．．．．．．．．．．．．

解構英文：

wring（絞，擰，使痛苦），它屬不規則動詞，其三態的變化是 wring, wrung ,wrung。在路易斯這個句子當中，因為是被動未來式，所以用 will be+wring 的過去分詞，就變成 Your heart *will be wrung* and possibly（*will be*）*broken.* 由於 *will be wrung* 及 *will be broken* 之間有一個對等連接詞 *and* 連接，因此後面的 *will be* 省略，以免顯得累贅。

make sure（確定）：I'm calling to make sure that you remember to come.（我打電話就是要確定你記得來）。

．．．．．．．．．．．．．．．．．．．．

C.S.Lewis 路易士(1898-1963)：英國小說家，曾任職於牛津暨劍橋大學，著有《納爾尼亞紀事》(*The Chronicles of Narnia*)、《神話新編》(*Till We Have Faces: A Myth Retold*)。

Love is like an hourglass, with the heart filling up as the brain empties. （Jules Renard）

愛情像沙漏般，隨著心的逐漸滿溢，腦子漸顯空洞。

19 世紀的德國哲學家尼采曾說過：「許多男人一直要等到失去頭（理智）後，才找到他的心」，反過來看這句話就是，大凡腦子清楚，理性恆久抬頭者，因不願輕易釋出感情與人結心，也就永遠找不到他的心，感受不到與異性那分相知相惜的靈動。唐朝名詩〈雨中看牡丹〉就是意在點撥天下男女：感情事千萬別衡情論理、思前想後，否則終免不了「待得天晴花已老」的遺憾。

- -

解構英文：

　　a+ 子音；an+ 母音

　　如:a **boy** 一個男孩；an **apple** 一個蘋果

　　（[b] 為子音）；（[æ]為母音）

　　雷納德句中的 hourglass 第一個字母 h，乍看之下似為子音，但因這個 h 字母不發音，只發後面 our 的

母音[aʊ]，因此前面的不定冠詞用 *an*。

從屬連接詞 as，在雷納德這一個句子裡具有「就在這同時，當⋯⋯」之意，也就是說，就在「心滿溢的當兒，腦子卻空乏掉了」。

as 還有許多其他用法，如：

1. 像、類似之意，如 I don't think it's *as* hot today *as* it was yesterday.（我不認為今天會像昨天一樣熱）。

2. 舉例來說，如：Some flowers, *as* the rose, require special care.（有些花，比方玫瑰，需要特別的照顧）。

3. 一向被認為如此的，如：the church *as* separate from the state（教會一向被視為與國家分離）。

4. 以一種事先承諾的方式行事，如：He left *as* agreed.（他按事先約定的方式離去。）

5. 既然，因為，如：*As* you are leaving last, please turn out the lights.（既然你最後離開，請將燈關掉。）

6. 雖然，如：Questionable *as* it may be, we will proceed.（雖然它顯得很令人疑惑，我們仍將進行）。

Jules Renard 雷納德 （1864-1910）：法國作家，《胡蘿蔔鬚》（*Carrots*）是他童年辛酸苦澀的紀錄，在冷峭的幽默中掩藏著強烈的感情。他婚姻雖美滿，但童年缺少母愛的痛苦卻畢生縈懷，他試圖將它深埋心底。他的散文無一字多餘，對後來的法國作家影響很大。

_____

_____

_____

_____

_____

_____

_____

_____

_____

_____

Love is a fire. But whether it is going to warm your heart or burn down your house, you can never tell.（Joan Crawford）
愛情是一把火，只是你永遠不知道它將溫暖你的心，還是燒毀你的屋子。

兩性關係是不可能永遠曼妙美麗的，事實上它常糾葛困難得緊，只是我們千萬不應因為它可能帶來痛苦便咒詛兩性關係。試想，若世上男女的關係不復存在，這世界將多麼蒼白空虛？換言之，男男女女的恩怨債務需要化解，但兩性關係絕對不能沒有，否則人生將失去多少懸疑的樂趣。

．．．．．．．．．．．．．．．．．．．．．．．．．．．

Joan Crawford 瓊・克勞馥：好萊塢影城一顆閃亮巨星，雖然電影都不算太賣座，但她就有本領讓自己始終盛名不墜，精采的私生活亦是愛嚼舌的影城茶餘飯後的話題。

It is only with the heart that one can see rightly; what is essential is invisible to the eye. (Antoine de Saint-Exupery) 只有經由心，人才能看得真確：事物的精粹本質往往非肉眼所能得見。

聖埃克蘇佩里奉勸世人觀察事物時勿太依賴肉眼，應多以心去體會，不僅與佛家禪學的說法極其接近，在其他的世界文明中亦找得到雷同的哲理，如東歐猶太人就有義弟緒語俗話：「心是比眼睛看得清楚的器官」(Heart is the organ that sees better than the eye.) 。套用在感情上，說的亦是切勿被眼睛所見的花妙俗麗所騙，要追求的是兩人心靈的契合與相知相惜啊。

. . . .

解構英文：

invisible 形容詞，（微小得近乎看不見的）。如：*invisible* exports and imports （商）無形的輸出、入（國際間的資金移動、運費、保險費、觀光客的消費等）。

當用作眼睛看不見的人或物：the invisible（靈界）；the Invisible（上帝）。

what is essential 中的 what 是關係代名詞，它兼有前述詞與關係代名詞的作用，因之使用時，前面不另加前述詞。而這個 what=all that（所有……），亦可以代換成 the thing which（所……的東西）。

如：I did **what**（=*all that*）I could.（我已盡了我的所能。）

This is not **what**（=*the thing which*）I want.（這不是我所需要的東西。）

What（=*all that*）is mine is yours.（所有我的就是你的。）

因此，**What** is essential is invisible to the eye. 可以換成 *All that* is essential is invisible to the eyes.

· · · · · · · · · · · · · · · · ·

Antoine de Saint-Exupery 聖埃克蘇佩里（1900-1944）：法國飛行員，作家。他從飛行生活中既發現了英雄行為的源泉，也找到了一種新的文學主題，作品高度稱頌冒險犧牲精神，認為這是完成人類使命的最高體現。

The mind divides the world into a million pieces. The heart makes it whole. （Stephen and Ondrea Levine）

世界因人的知性切割成上百萬塊小區域，唯有經由感性能使它完好如初。

Stephen and Ondrea Levine 史提芬暨翁德麗亞
・李文夫婦：見36頁。

_____

_____

_____

_____

_____

_____

_____

_____

Heart 心..47

Nobody has ever measured, even the poets, how much a heart can hold. (Zelda Fitzgerald)
從沒有人測量過，即使是詩人，也不知道一個人的心到底有多大包容量。

中國人以：「知人知面不知心」來形容旁人的心，不論它看起來有多麼接近自己，卻永遠像座黑森林般，難以真正滲透，相較之下，人的知性遠較感性單純得多了。這個道理用在情愛上尤見真切，君不見熱戀中人看重的常是外在的形式、禮物的相贈、不厭其煩的逼問誓言的承諾，待情意不再，才領悟到，能執子之手與子偕老的是一顆心，弄得移情別戀琴瑟不調的亦是一顆心啊！難怪古詩人孟郊有「始知結衣裳，不如結心腸」的愁悵，道盡情人間結衣結髮不難，偏就揣摩心意最耗人心神也。

. . . .

解構英文：

　　how much 後面接不可數的事物，如金錢、心思，而 how many 則接可數的普通名詞，如：How many rooms are there in this house?（這個房子有多少房間？）

. . . .

Zelda Fitzgerald 賽兒塔・費茲傑羅：《大亨小傳》作者史考特・費茲傑羅之妻，她新婚後一直是丈夫靈感的繆思，而她自己亦是極具天分的小說家，可惜稍後她因外遇而夫妻感情惡化。為了轉移心境，她改習芭蕾及繪畫，從此甚少筆耕。

All the knowledge I possess everyone else can acquire, but my heart is all my own.

（Johann Wolfgang Von Goethe）

我擁有的所有知識，別人亦可獲得，但我的心完全歸屬於我。

Johann Wolfgang Von Goethe 歌德（1749-1832）：德國作家、批評家、新聞工作者、畫家、劇院經理、政治、教育及自然哲學家，被公認為是世界文學巨匠之一。他的作品除了有為世人所傾倒的《少年維特的煩惱》（*The Sorrows of Young Werther*）外，更有被譽為文學上最高成就的《浮士德》（*Faust*）。

Love is the most wonderful emotion anyone can have. To be genuine it must come from the heart. Then it permeates the entire body. (Ruth Stafford Peale)

愛情是任何人可能擁有的最棒的感覺。想要它真切，則必須來自內心，然後它將充盈整個身體。

解構英文：

　　三者以上之間的比較，「最⋯⋯」者通常用最高級形容詞，而在其前面加定冠詞 the：

　　the + most ＝最⋯⋯的

　　如：Mary is the most diligent student in the class.（瑪莉是班裡最勤奮的學生。）

　　值得注意的是，比較級和最高級的形成，如果是規則變化時，大抵情況是：

| 單音節形容詞 及 （少數）二音節形容詞 | ＋ | er ＝ 比較級 |
| | | est ＝ 最高級 |

（單音節形容詞）如：tall（身材高）taller　　tallest

rich（富有的）richer　　richest

（二音節形容詞）如：clever（聰明）cleverer　cleverest

但多數的二音節形容詞及所有的三音節形容詞時，前面要加 more,most 去構成比較級及最高級：

more		＝比較級
＋	-ful, -ble, -less, -ous, -ing, -ve 等二音節及所有三音節形容詞	
most		＝最高級

如：

useful（有用的）more useful　　most useful

famous（有名的）more famous　　most famous

interesting（有趣的）more interesting　　most interesting

但下列幾個二音節形容詞的比較級與最高級，加 er, est/more, most 皆可

common（普通的）commoner　　commonest

more common　most common

honest（誠實的）honester　　honestest

more honest　most honest

Ruth Stafford Peale 羅絲・史坦佛・皮爾夫人：
美國極富盛名的已故牧師諾曼・文森・皮爾博
士之妻，曾創立一份影響力甚大的宗教性雜誌
Guideposts，擔任美國聖經協會的董事，畢生
致力於女性精神發展及視野的擴大。

_____

_____

_____

_____

_____

_____

_____

_____

Heart 心..53

Love Letters

 ...情書

Love is the marrow of friendships, and letters are the elixir of love.（James Howell）

愛是友誼的精髓，而情書是愛的萬靈丹。

17 世紀中葉，英格蘭基督教聖公會教士傑若米‧泰勒就曾說過，愛情是被點了火的友誼 （Love is friendship set on fire.），換上另一種說法是：愛情原就是友誼加上異性之愛。但人生何等可憐，沒有東西留得住，當愛情的金色褪盡，男女性慾告退，他倆甜蜜的感情嚴格說來是親密的友愛，談不上愛情，所以我覺得這句話的前半段若倒過來說成友誼是愛的精髓應也能自圓其說哩。

戀人期盼時刻不分離，但這終究不可能，在令人焦慮的等待期間，魚雁往返的情書能讓對方真切嗅到彼此的脈搏與心跳，創造出不曾分別的美好想像。好在戀人一動了情，彷彿個個都變成了天生的作家，真情流露的字句，自是看得情人內心狂喜也。

解構英文：

marrow 本意是富於營養的食物，骨髓。

the *marrow*：菁華，活力。

to the *marrow*（of one bones）：透至骨髓，徹底的。

elixir 意為煉金藥，（一般的）萬靈藥，

the elixir：長生不老藥（＝the elixir of life）

換言之，marrow 及 elixir 作精髓之意時，後面都接介系詞 *of*。

. . . .

James Howell 詹姆斯・豪厄爾（約 1594 -
1666）：英國作家，畢業於牛津大學，以 4 卷
《霍埃利亞尼書簡 1645-1655》（*Epistolae Ho-
Elianae*）著稱。該書是早期以書信形式撰寫的
雜文集，生動地記敘當時各種現象。

_____

_____

_____

_____

Beware of the man who writes flowery love letters; he is preparing for years of silence. （Erica Jong）
當心那位情書寫得天花亂墜的男子，因為他正準備以數年的沈默來面對妳呢。

這話也許不假，但我想若因擔心情人情書寫得太浮誇花稍而不願輕信，實亦大可不必，因為這可能使自己白白喪失浸潤於人生最美好感覺的機會。哪怕事過境遷後，情書內容教妳讀起來汗毛倒豎，但在熱戀當時肯定令妳 覺得既神聖而又心動。如此教人欣羨的甜美滋味，老實講早就將當事人沖昏了頭，少有人會理智到考慮接受與否的問題了。若真有人拿著顯微鏡檢視情書的可信度，那麼這個人的愛肯定與情書作者的愛毫不對等，要不，就是少了根浪漫的筋，再不然就是根本不準備接受這分情感吧？

· ·

解構英文：

beware 小心，後面接介系詞 *of*。如：*Beware of pickpockets!* （謹防扒手！）此係與 be careful 同義的正

式用語；僅用於祈使句及不定詞。

flowery：多花的，似花的，（文體等）華麗的。

is preparing for：準備、預備：He is preparing for the examination.（他正在準備考試。）

...for...用於重大的事情或特別需要時間來準備的事情。

· ·

Erica Jong 艾莉卡・瓊：1973 年出了第一本小說《恐懼飛行》（*Fear of Flying*），被譯成中俄文版後，即被文壇譽為「領銜時尚的新女性」。接下來她又完成6本小說及無數獲獎的詩作，充分發揚女性作家的活力及文采。

There's no finer caress than a love letter, because it makes the world very small, and the writer and reader, the only rulers. （Cecilia Capuzzi）

沒有比情書的愛撫更細緻的了，因為它使世界變得非常小，而作者及讀者則為唯一的統治者。

解構英文：

　　fine：好的、細緻的。finer 是比較級，因此後面接 than。另外 fine 當名詞時，為罰款之意。

. . . .

Cecilia Capuzzi 西西麗亞・卡普齊：格言家。此句出自於一篇登載於 1987 年的約翰霍布金斯雜誌（*John Hopkin's Magazine*）之文。

A love letter begins by your not knowing what you are going to say, and ends by your not knowing what you have said. (Anonymous)

情書以不知該說什麼開始，以不知說了些什麼結束。（無名氏）

情書難寫是因為我們想以最能打動對方心弦的字眼，將滿腔的激情傳達給對方，然而面對自己在乎的心儀對象，下筆時筆鋒似乎怎麼都無法瀟灑起來，折騰半天，常有不知所云的痛苦！其實情書內容不在於是否能驚天動地，或創意獨具，或句子超級華麗，哪怕是你喃喃妄語，或絮絮地描述生活流水帳，重點是你要動筆，且動筆得十分勤快，才是關鍵也。

It is the illusion of all lovers to think themselves unique and their words immortal.（Han Suyin）

所有戀人皆有他們的愛情是獨一無二，他們的言語是不朽的幻覺。

戀人堅定相信他倆的愛情是絕對私密的一對一，他們築起高牆，刻意與世間隔絕起來，享受那種你中有我，我中有你的交融感，在絕對的排他情結作祟下，自然有他倆愛情舉世無雙的幻覺。而戀人堅信他們的情書不朽，則更偏執得厲害，不信，請攤開情書大全，雖然它們出自不同人之手，但文字底蘊下的表情卻是似曾相識，硬要說它們能傳諸千古不朽，恐怕一廂情願的成分居多。

解構英文：

to think themselves unique and their words immortal是作主詞用的不定詞片語，它可置於句首，亦可置於句尾。當它置於句尾時，可用「假主詞 it」置於動詞之前，以代替「真主詞 to...」。韓素英的這句話就是將

作主詞用的不定詞片語置於句末。其他類似的例句，
如：

To get up early is good for the health.

= *It* is good for the health **to get up early.**（早起有益於
健康。）不定詞片語 *to get up early* 即是主語。

immortal（不朽的），是 mortal（必然會死亡的）的
反義字。

Han Suyin 韓素英（1917- ）：父母一為比利時
人一為中國人。持英國護照的韓素英，與中國
大陸當權派過從甚密。她共寫過２２本英文
書，以傳記及小說有名。最有名的小說 *Love is
A Many Splendoured Thing* 曾被拍成電影，並因
此榮獲兩項奧斯卡獎。

I do not think that life has suspense more sickening than that of expecting a letter which does not come.

（L.E. Landon）

我不認為生命中有比久等情書不到的懸疑更教人病慨。

你有過久等情書不到而坐立難安的經驗嗎？為什麼情人遲遲不回信？是有了新歡？還是郵差耽擱了？那感覺有點像一方撥弄著撩人的琴弦，卻無人回應的空虛茫然，等待的一方煎熬躁慮，忐忑不安。但這是愛戀過程不可少的一種患得患失，想談感情，就得照單全收。

. . . .

解構英文：

蘭登這句話中 more sickening than *that* of expecting... 這個 *that* 是取代前面那個 suspense。

. . . .

Letitia Elizabeth Landon 莉蒂席亞‧蘭登
（1802-1838）：英國女詩人和小說家，作品多

以愛情為主題，共出版 8 部詩集，本本暢銷。
1838 年去非洲不久，因誤服氫氰酸中毒身亡。

———————————————————————

———————————————————————

———————————————————————

———————————————————————

———————————————————————

———————————————————————

———————————————————————

———————————————————————

———————————————————————

———————————————————————

———————————————————————

———————————————————————

A real love letter is absolutely ridiculous to everyone except the writer and the recipient. （Myrtle Reed）

一封情書對所有不相干的人都顯得絕對的荒謬，唯獨對作者及收信者例外。

情書承載著戀人的歡笑淚水，賣嬌裝嗔，情慾挑逗的意念，甚或流盪著令人錐心扯肺的哀怨無奈。在這些字裡行間裡，忠實反映了戀人的動態思念，但這些被戀人看得比性命還重要的私密文字，老實講，恐怕只能撩撥兩位當事人的心弦，對旁人而言，非但激不起絲毫漣漪，搞不好，還可能成為人們茶餘飯後的笑料素材呢。

· · · · · · · · · · · · · · · · · ·

解構英文：

absolutely：絕對地，完全地。

I know *absolutely* nothing about that. （那件事我一無所知）。

Absolutely 在口語裡表示：「對極了」，「當然」。

如：當某人問 Do you enjoy your stay in the U.S.? （你

在美國停留時愉快嗎？）

Absolutely!（當然！）

. . . .

Myrtle Reed 瑪泰・理德：格言家。

_____

_____

_____

_____

_____

_____

_____

_____

_____

_____

All really great lovers are articulate, and verbal seduction is the surest road to actual seduction. （Marya Mannes）

真正了不起的情聖都是能言善道，而言詞上的引誘是通往實際誘惑的確定之路。

人都是愛聽恭維話的，更何況戀愛中人，雖然巧言者未必是可託付終生的良伴，但別緊張，誰說男女交往就一定要考慮是否能走上紅毯？就讓自己姑且沈浸於那些讓人心花怒放的甜言蜜語，享受如置天堂仙境的喜悅吧！

. . . .

解構英文：

verbal：用言語表現的，口頭的（oral）。

a *verbal* message 口信，（外交）口頭通牒，不署名備忘錄。

a *verbal* translation 逐字的直譯。

. . . .

Marya Mannes 瑪亞·曼絲（1904-1990）：美國記者及自由專欄作家，曾寫過《怨偶：分手的藝術》（*Uncoupling: The Art of Coming Apart*）。

Philosophy
of Love... 愛情的哲學

Love is the child of freedom, never that of domination.
（Erich Fromm）

愛是自由的產物，絕非控制的結果。

解構英文：

弗羅姆這句話後半的 never *that* of domination，這個指示代名詞 *that* 其實表示的亦是 **the child**，之所以用 *that*，就是為了代替前面所提到的名詞以避免重複。其他例句如：

His *taste* is quite different from **that** of his brother.

（他的嗜好完全和他兄弟的嗜好不同。）（that ＝ the taste）

The colors of the American flag are the same as **those** of the Chinese flag.

（美國國旗的顏色和中國國旗的一樣。）（those ＝ the colors）

. . . .

Erich Fromm 弗羅姆（1900-1980）：德國心理
學家、社會學家，探索心理學和社會之間的相

互影響。他曾稱：所有已知的社會結構在某些
方面均不能適應人類的基本情緒需要，認為將
精神分析的原則應用於社會病的治療，人類便
能設計出一個心理平衡的「健全社會」。

The Love that lasts the longest is the love that is never returned. （W. Somerset Maugham）
最持久的愛是從未獲得回應的那份。

進展順遂的感情常因歲月的流逝而淡化，但「半生有情，終為無緣」的感情卻往往深埋心裡。多年前看過話劇「暗戀」，刻繪的就是這分深不見底的情與憾。男主角江先生因癌症自知來日無多，決心不再顧及結縭40載但心靈從未真正契合的妻子的感覺，登報尋找舊日情人雲之凡，希望死前見上一面。鏡頭轉向江先生病榻頭上的全家福相片，相貌看起來平庸至極的江太太直問先生要吃點什麼？殊不知丈夫此刻亟待灌溉的不是腸胃，而是心靈。末了，闊別40年的情侶終於見面了，當他倆四目交會的剎那，四隻眼睛都釋出了異樣神采，雖然他們一再為無奈人生感到唏噓，但差堪告慰的是他倆終於知道，原來這分魂牽夢縈的舊愛仍然存在，人生至此，死而無憾矣。

W.Somerset Maugham 毛姆（1874-1965）：英

國小說家、戲劇家。文體以明晰樸素、取材廣闊、對人性有透徹理解為特點。著名的小說包括《蘭貝斯的麗莎》（*Liza of Lambeth*）《人性的枷鎖》（*Of Human Bondage*）《刀鋒》（*Razors Edge*）等。

To care passionately for another human creature always brings more sorrow than joy; but all the same...one would not be without that experience. （Agatha Christie）
對另一人的專情關注，帶來的苦總多於樂；話雖如此，沒有人會不要那分墜入情網經驗的。

克莉絲蒂的說法算是含蓄的了，聽聽比她早了兩百年的 17 世紀英國女前衛戲劇家艾法拉貝恩 Aphra Behn，她可說得更痛快淋漓了。她說：「一小時的徹底真愛，敵得過沈悶一輩子的生活」。（One hour of right-down love is worth an age of dully living.）在那一小時中，有生命中最甜美的滋味，也有像死亡般的苦澀，但只要兩人的心靈真的碰觸，瞬間時空消逝，成為有恆，留下日後我倆人生路上並不寂寞的覺知。

. . . .

解構英文：

　　more than：……多過，……以上。

　　all the same：仍然，照樣。

　　one 在這個句子裡是代名詞，（一般用法）一個

人，任何人：*One* must observe the rules.（任何人都必須遵守規則）。

（做作的說法）人家，本人：*One* is rather busy now.人家（本人）現在忙得很。

. . . .

Agatha Christie 阿葛瑟・克莉絲蒂（1890-1976）：英國女偵探小說家、劇作家，其作品已銷售一億本以上，共有 75 部長篇小說列入暢銷榜。劇本《捕鼠器》（*The Mousetrap*）在倫敦劇院上演達 21 年之久，共 8862 場，創下在一個劇院連續上演時間最長的世界紀錄。有許多作品改編成電影如「東方快車謀殺案」（Murder on the Orient Express）、「尼羅河慘案」（Death on the Nile）。

Never doubt love... Never question it when it comes onstage, but be happy for its entrance. And do not weep when it makes its exit, for it leaves behind it the sweet aroma of caring, a fragrance to linger the rest of your life.

（Helen Van Slyke）

別懷疑愛情……當它登上舞台時，別質疑它，要快樂的迎接它的進場。當它退場時別哭泣，因為它留下關懷的甜美芳香，那是一種能在你餘生逡巡不去的香味。

解構英文：

make one *exit*：（戲劇）演員退場

make one *entrance*：演員進場。

linger：逗留，徘徊，拖延。如：

The superstition still *lingers* on among them.

（這種迷信仍殘存於他們之間。）

leave 作動詞時，如：

leave...behind：遺置，留下。

leave things *about*：東西用後不收，到處遺置。

take it or *leave* it：要嘛就無條件接受，否則就拉倒。

leave...alone：不理會（某人或物），聽其自然。

leave 當名詞時，意思是「准許」，例句如：

Give me *leave* to go home. （准許我回家）

. . . .

Helen Van Slyke 海倫文絲萊克（1919-）：又名 Sharon Aston 莎朗艾絲登，著有《並未失去愛情》（*No Love Lost*）、《總是並非永恆》（*Always is not Forever*）。

_____

_____

_____

_____

_____

_____

_____

談情說愛學英文

It is impossible to repent of love. The sin of love does not exist. （Muriel Spark）

人是不可能懊悔愛情的，因為愛情的罪惡並不存在。

愛情就像發燒一樣，來了，走了，不讓意志在整個過程中扮演任何角色。它可能是世上最理不清也說不明的一種微妙關係。既然無所謂對與錯，自然不必懊悔。簡而言之，你只要記住愛情是個武斷且常冷酷無情的暴君（arbitrary and inexorable tyrant），一旦雙方緣盡情了，實無須一再自責檢討，只因愛情的罪惡並不存在。

. . . .

解構英文：

repent（動詞）：後悔、懊惱（of）

He soon *repented of* having said so.

（他不久便後悔說了這種話。）

. . . .

Muriel Spark 茉莉兒・史巴克（1918-）：英國女小說家、詩人及劇作家。曾擔任英國詩會的

秘書及《詩歌評論》的編輯，寫過一系列著名文
學家的評傳，並編纂 19 世紀作家的書信集。

_____

_____

_____

_____

_____

_____

_____

_____

_____

_____

_____

There is no remedy for love but to love more.
（Henry David Thoreau）
除了再多愛一些，愛的解藥並不存在。

解構英文：

there 可當地方副詞，置於動詞之後，如：I've already been *there*. （我已經去過那裡了）

there 亦可置於句首，表示驚嘆，如：There he comes!(他來了！)

值得注意的是，上面這兩例句的主詞皆是代名詞，所以字的排序很正常；倘若主詞是名詞的話，動詞必須排在主詞前，而在這種情況下，there 念的時候要加重語氣。如：

There goes my last pound note! （我最後的一英鎊也花掉了！）

此外，there 與 be 動詞一起時，可以用來開啟一個句子，像梭羅的這句話 "There is no remedy for love." 便是典型。但這種情況念的時候無須加重語氣。

如：There was not a cloud in the sky. （空中沒有一朵

雲彩）。

在梭羅這個句子 "but to love more" 中的 but，不作「但是」解，因為，當 but 在 all 或否定詞 no 之後，意思變為「除了」（except），類似的例句如：All but him were drowned.（除他之外皆淹死了。）

．．．．．．．．．．．．．．．．．．．．．．．．．

Henry Devid Thoreau 梭羅（1817-1862）：美國超驗主義作家。他為實驗超驗主義理論，在沃爾登湖畔建起一間木屋，過起和大自然融為一體的 h 目種自食的簡樸生活，寫了《湖濱散記》（*Walden,or Life in the Woods*）。他認為人必須不顧心切憑良知來行動，生命十分寶貴，不應為謀生而無意義的浪費掉。樹林和溪流的世界是好的，喧囂的城市世界則是壞的。

_____

_____

_____

_____

Romantic love happens; it is not brought about; one falls in love. The person is obsessed with the loved one and is unable to concentrate on anything else. The person loses all desire to remain independent, and instead desires to merge and subsume... into the other. （Margaret Horton）

愛說發生就發生，它不是用心去獲致的，而是無意中墜入的。凡為情所困者是無法再專注於其他事的。熱戀者失去獨處的欲望，企求融入所愛者的生活中。

瑪格莉特將熱戀症候群如此傳神的描述，若硬要將這種情不自禁濃縮成一個字，我想可用 involuntary 來解釋它的無心，亦即不受意志控制（not subject to control of the will）之謂。

· ·

解構英文：

bring about：引起，導致，致使。

Land reform *brought about* a great change in the lives of common people. （土地改革引起許多人的生活的變化。）

be obsessed with：被迷住心竅。

Margaret Horton 瑪格莉特・荷頓：美國辛辛那提希爾斯基督教學院副校長。

Love is a man's insane desire to become a woman's meal ticket. （Gideon Wurdz）

愛情是男人想成為女人長期飯票的瘋狂情慾。

解構英文：

　　sane：神智清楚的。名詞：*insanity*。*insane*：神智不清的。

　　又，單數名詞在字尾加 's，以表示所有，如：

　　Mary's brother（瑪莉的兄弟）/*woman's* meal（女人的飯票）。

　　複數名詞字尾有 s 時，只加（'）即成所有格，如：

　　ladies' hats：女士們的帽子。

　　但若複數名詞字尾沒有 s 時，仍須加 's，如：

　　women's club：婦人俱樂部。

　　children's toys：小孩的玩具。

. . . .

Gideon Wurdz 吉迪恩・渥茲：以編纂一本探討字源、字義及使用情況模稜兩可的所有英文字的字典 *The Foolish Dictionary* 有名。

Love is the reduction of the universe to a single being, the expansion of a single being. (Victor Hugo)

愛能將宇宙焦點凝聚於單一個人，亦能將單一個人無限擴張。

無庸置疑的，雨果，這位在文學界有名的癡情漢寫上這句話時，他心裡想的沒有別人，就是與她相戀長達 50 年的茱麗葉特，後人讀到他倆戀情邁入 50 周年，依然期盼收到彼此情書的事實，怎能不為這世間果然有永恆戀情感到雀躍！

· ·

解構英文：

多讀兩遍雨果這句話，必能感受到 expansion 與 reduction 及 the universe 與 a single being 的對應趣味。

另，being 除了當 be 的現在分詞，如：

The house is *being* built. （這房子正在建築中。）

或作分詞片語，如：

Being busy, I stayed at home. （因為忙碌，我便留在家裡。）

being 尚可當名詞，如雨果的這句話中 a single *be-ing* 的 being 便是名詞，表示生物，人（= human *being*）。

. . . .

Victor Hugo 雨果（1802-1885）：法國最重要的浪漫作家、小說家、詩人、戲劇家。憑藉著一些動人心弦的永恆作品如《鐘樓怪人》（*The Hunchback of Nortre Dame*）、《悲慘世界》（*Les Miserables*），與莎士比亞、但丁、荷馬等文豪齊名。

_____

_____

_____

_____

_____

_____

_____

Love is a gracious and beautiful erotic art.

（Havelock Ellis）

愛是一種高雅而美麗的煽情藝術。

解構英文：

　　erotic 的中文是情慾，蘊含性愛、生理、情感、心靈與智識的內在生命能量與創造力。色情（*pornographic*）則純為性行為與感官刺激，其中了無情感與力量可言。

Havelock Ellis 海佛洛克·艾里斯（1859-1939）：英國性學研究大師，是性解放的支持者，所著之書如《性別轉換》（*Sexual Inversion*）《性心理學之研究》（*Studies in the Psychology of Sex*）等在當時皆被列為禁書。他原為專業醫師，但因稍後參加費邊學社，結識蕭伯納等大師，未幾即棄醫從文。

Love is a find, a fire, a heaven, a hell, where pleasure, pain and sad repentance dwell.（Richard Barnfield）
愛是一種尋獲、一把烈火、一個天堂、一個地獄，是所有喜悅、痛楚及悲哀的懊惱孳生之所在。

另一位寫作生涯長達 55 年，共完成 80 部小說，9 部話劇劇本的維多利亞時代暢銷小說家瑪麗・布萊登 Mary Elizabeth Braddon，在 300 年後亦有相似的見解，只不過巴恩斐爾德至少還肯定愛情能帶來天堂的歡愉，布萊登卻只看到它摧枯拉朽的魔力。她說：「愛是一種瘋狂、一種天譴、一種發燒、一種迷惑、一種圈套、也是一種謎，無法完全被每一個人瞭解，除了那位被它折磨得苦煩不已的受害者。」（Love, which is a madness, and a scourge, and a fever, and a delusion, and a snare, is also a mystery, and very imperfectly understood by everyone except the individual sufferer who writhes under its tortures.）沒錯，布萊登要強調的是，戀人不止歇的相互折磨，在彼此折磨中，確證對方給予的愛。只是，對愛如此的負面，老實說太誇張了，但話說回來，愛情本就是主觀而又

誇張的玩意兒，且讓大家各自表述吧。

‧ ‧

解構英文：

find 在此不作動詞用，而是名詞，意思是（珍寶等的）掘獲物。如：have a great *find*（有大發現，掘出貴重寶物）。

dwell 就是 live（居住），只是 *dwell* 感覺上比較文氣罷了。

‧ ‧

Richard Barnfield 理查‧巴恩斐爾德（1574-1627）：16 世紀末因出版一本歌頌希臘女神黛佛妮（Daphnis）愛上替眾神倒酒的美少男葛里彌（Ganymede）的田園長詩《多情的牧羊人》（*The Affectionate Shepherd*）而有名。

_____

_____

_____

_____

_____

Man's love is of man's life a part; it is woman's whole existence. （Lord Byron）

男人的愛只是男人生活的一部分；卻是女人生存的全部意義。

很多對情愛有深刻研析者都同意，女人的基因裡彷彿生就蘊藏了豐富的浪漫因子，一碰到愛情，不是飛蛾撲火，勇猛無比，就是甘願犧牲委屈！相對的，男人對愛可以寡情遲鈍，一派可有可無的瀟灑，使女人一再在感情世界淪為炮灰，徒留黯然神傷的哀怨。看來女人應及早頓悟：她們所渴望的那份愛，很可能大多數的男人根本就沒有！難怪名詩人里爾克曾無奈的嘆道：在愛的範疇裡，男人讓女人世世代代都受盡了委屈！看清這一點，女人或可無須再如此自虐或自苦了！

. . . .

Lord Byron 拜倫（1788-1824）：英國詩人，他的名字既是最深刻的浪漫主義憂鬱的象徵，又是追求自由的象徵。他生活放蕩，戀愛事件層

出不窮。著有《唐璜》（*Don Juan*）、《不同場合之詩篇》（*Poems on Various Occasion*）等諷刺詩。死後 145 年後，他的紀念碑終於豎立在西敏寺的土地上。

_____

_____

_____

_____

_____

_____

_____

_____

_____

_____

Love is a perpetual hyperbole. （Francis Bacon）
愛是一種永遠的誇張。

含蓄雖然有含蓄的美，但既然要談情說愛，誇張的表達總比含蓄受用。君不見電視八點檔的愛情片，男女主角互道傾慕相思的對白，煽情露骨得教人不堪入耳之外，更用盡各種形容詞之最。凡夫俗子是如此，文思泉湧的詩人就更別說了，你聽，雪萊寫給情人的語氣有多浮誇：「妳多美，陸地和海洋的仙女，都賽不過妳的美麗！」但戀愛中人卻說得如此理直氣壯，彷彿不如此無法表達內心燃燒真情於萬一。

解構英文：

  perpetual：永久的，永存的。（植）多年生的；（園藝）四季開花的，如：*perpetual* rose 四季開花的玫瑰。

  perpetual calendar：萬年曆。

  hyperbole：（修辭學）誇張

Francis Bacon 培根 （1561-1626）：英國法官、朝臣、政治家、哲學家、英語語言大師。史家記載的是他曾經享有的職位和權力，但世人所銘記的是他幾十篇體現明智處世本領的散文。

_____

_____

_____

_____

_____

_____

_____

_____

_____

_____

Love is the union of a want and a sentiment.

（Honore de Balzac）

愛情是慾望及情感的結合。

愛情的底蘊說穿了就是情與慾。情，藉慾念強化兩人密不可分的世界；慾，靠真情的經營愈發鞏固兩人的城堡。但也正因它含有濃得化不開的慾念，使它與喜歡有了區隔。戀人愛到最高點，除了內心深處沈浸於愛的感覺外，令人銷魂的性愛交纏，恐亦是極度渴求的。難怪愛爾蘭大文豪王爾德要以戲謔的口吻說愛情只不過是冠以神聖之名的情慾罷了。

．．．．．．．．．．．．．．．．．．．．．．．．．

解構英文：

　　want 當動詞時，最普遍的意思就是「想要」，例如：I *want* to see you.（我想見你。）

　　want 用作被動式時，有「被通緝」之意。He *is wanted* for war crimes.（他因戰犯罪被通緝。）

　　在巴爾札克的這句話裡，a want 當名詞用，指的是「缺乏」「欲望」或「需求」。例：a man of few *wants*

（欲望少的人）。

    live in *want*：過著窮困的生活。

    in *want* of：需要，欠缺。

    want ad：（報紙等的）徵求廣告（欄）。

Honore de Balzac 巴爾札克（1799-1850）：法國最偉大的天才小說家之一，畢生最重要的作品是卷帙浩繁的巨著《人間喜劇》（*The Human Comedy*）。他筆耕極勤，每日伏案 14 至 16 小時，作品的特點是，他讓同一人物在不同作品中反覆出現，使他們在讀者心中有一個完整形象，開現代多卷連續性小說的先河。

_____

_____

_____

_____

_____

_____

Love is not altogether delirium, yet it has many points in common. (Thomas Carlyle)
愛與陷入譫語瘋狂狀態雖不盡相似，但有許多雷同特點。

解構英文：

altogether 全然地，例如：You are *altogether* right. （你說的全對）。

片語 in *common*：共通的。

. . . .

Thomas Carlyle 卡萊爾（1795-1881）：蘇格蘭散文作家和歷史學家。著有歷史書《法國革命》（*The French Revolution*）、《過去和現在》（*Past and Present*）等。

Love and war are the same thing, and stratagems and policy are as allowable in the one as in the other.

（Miquel de Cervantes）

愛與戰爭並無二致，因此戰爭中被允許運用的謀略及政策，在愛情中亦可一體適用。

有道是「情場如戰場」，指的無非是擒拿收放之間，需使些心計和手段，才能致勝。但我以為，這套理論若只用於追求初期，為免讓對方感到突兀魯莽而運用的小技巧，實無可厚非，若全程皆以兵法來操練，就很有問題了。因為戰場是百分百的雙方對峙，而情乃天地間最柔美的情懷，如果情場真需要套上戰場的招數，這個情裡究竟存有多少真情？就值得懷疑了。

. . . .

Miquel de Cervantes 塞萬提斯（1547-1616）：西班牙傑出的小說家、劇作家及詩人。一生際遇坎坷，共創作了 20 多部可圈可點的劇本，其名著《堂吉訶德傳》（*Don Quixote*）是僅次於《聖經》翻譯成最多外國語言的著作。

Love is a little haven of refuge from the world.

(Bertrand A Russell)

愛是逃離世界的一個小避難所。

戀人常在這個小避難所的四周築起高牆，因為他倆只要緊緊彼此擁抱，只要相愛，只要獨處，管他外面是風雪交加或春風和煦，這外在世界的脈動與熱戀中的兩人似毫無交集，畢竟真愛不僅是一種絕對的一對一，它更是一種絕對的孤獨及一種絕對的專注。

. . . .

解構英文：

refuge（保護，避難所）與 refugee（難民，流亡者）很容易混淆：

He is the *refuge* of the distressed.

（他庇護苦難的人。）

Harbor of *refuge*：避難港。

A *refugee* government：流亡政府。

Bertrand A Russell 羅素（1872-1970）：20世紀聲譽卓著的思想家之一。一生共完成40餘部著作，涉及哲學、數學、科學、倫理學、社會學、宗教及政治等各方面。但首要建樹是在數學和邏輯領域，對西方哲學產生深遠影響。著有《西方的智慧》（*Wisdom of the Wes*）及《數學哲學的入門》（*Introduction to Mathematical Philosophy*）等。 1950年獲得諾貝爾文學獎。

Of all the forms of caution, caution in love is perhaps the most fatal to true happiness. （Bertrand Russell）
在各種型式的謹慎中，對愛瞻前顧後恐怕是尋覓真幸福最嚴重的致命傷。

在戀愛中人們往往有一些莫名的顧忌，總以為有充盈的時間可以揮霍，要不就是信心不足不敢躁進，兀自等待更好的時機，殊不知未來充滿變數，到頭來恐怕只有「待得天晴花已老，不如攜手雨中看」的追恨了。

解構英文：

fatal：有關生命的，致命的。其後多接 to。

caution：留心，謹慎。

caution money：保證金。

for *caution's* sake：為慎重起見。

Bertrand Russell 羅素（1872-1970）：同102頁。

Love is renunciation of one's personal comfort.

（Leo Tolstoy）

愛是棄絕個人的舒適。

解構英文：

renunciation：放棄，棄絕，斷念。動詞是 renounce。

Leo Tolstoy 托爾斯泰（1828-1910）：俄國作家、改革家、道德思想家。他以 7 年及 4 年先後完成的《戰爭與和平》（*War and Peace*）及《安娜卡列妮娜》（*Anna Karenina*）長篇巨著，皆被公認為是世界文學中最偉大的長篇小說之一。

If I speak in the tongues of mortals and of angels, but do not have love, I am a noisy gong or clanging cymbal. (Corinthians 13:1-8.13)

如果我以人及天使的舌頭說話，但內心沒有愛，我只不過是一只發出吵鬧噪音的鑼及銅鈸。

Corinthians 13: 1-8.13 語出聖經哥林多書第 13 章第 1 節。

_____

_____

_____

_____

_____

_____

_____

To love very much is to love inadequately...love is not a word, it is a wordless state indicated by four letters.
（Guy de Maupassant）
愛的深切就是怎麼愛都覺不夠……愛不是一個字，它是由四個字母來顯示的一種無言的狀態。

love 這個字雖僅由四個字母組成，卻蘊含無限。一位醫師曾告訴我 L 代表傾聽 listen，O 代表察言觀色 observe，V 代表珍惜 value，E 代表感同身受 empathize。如此看來，舌粲蓮花的能耐似乎未必是啟動愛情的必備。相對的，情人的一個小動作，若有似無的一瞥，都可讓有感應的對方悸動莫名。所謂「大愛無言」「無聲勝有聲」，傳達的不就是莫泊桑所說的 wordless state！其實早在 14 世紀初桂冠詩人佩脫拉克（Petrarch）就已有「能說得出你有多愛，就表示你愛得很少。」（To be able to say how much you love is to love but little.），Michele Morgan 亦說過：「在愛情的境界中，沒有比共同的沈默更動人心弦。」（In love, nothing is as eloquent as mutual silence.）的說法，足見愛情的真義古今如出一

轍，不因時空的轉換而變調。

. . . .

Guy de Maupassant 莫泊桑（1850-1893）：19
世紀法國作家。小說、詩歌、戲劇、遊記皆有一
流表現，共寫了300篇短篇小說、6部長篇小說
及 3 部遊記。莫泊桑之母與作家福樓拜過從甚
密，經母親的引介，福樓拜成為莫泊桑在寫作技
巧上的啟蒙師。《羊脂球》（*Ball of Fat*）戰爭故
事是莫泊桑當年一舉成名的關鍵。

_____

_____

_____

_____

_____

_____

_____

It is best to love wisely, no doubt; but to love foolishly is better than not to have loved at all. （Thackeray）

毫無疑問的，愛得明智最好，但即便是愛得很愚蠢，也比從未愛過好得多。

不知有多少名人所見略同也。17世紀法國最偉大的喜劇作家莫里埃就曾說過：活著沒有愛，就不算真正活。（To live without loving is not really to live.）；19世紀的美國抒情短詩大師愛密莉‧狄更生亦心有戚戚道：「直到我愛過，我從未真正活過。」（Till I loved I never lived.）。這些感喟不外強調人生在世，無論是兩情相悅終成眷屬的美好戀情，或是苦戀、暗戀，總之，曾經動情，皆不枉此生，最怕的是讓情愛生活留白。

. . . .

解構英文：

片語 not at all：（對表示感謝的答話）一點也不要客氣。

另，它有加強否定之意，如：I *don't* mind *at all*!（我一點也不在乎）。薩克萊的這個句子裡「一點也

未曾愛過」，即是這個用法。

. . . .

William Makepeace Thackeray 薩克萊（1811-
1863）：英國維多利亞時代小說家。成名作《名
利場》（*Vanity Fair*）按月分小冊連續出版，並
附有親筆插圖。但歷史小說《亨利‧埃斯蒙德》
（*The History of Henry Esmond*）被視為他畢生
之力作。時人常愛將他與同時代的狄更斯相提
並論，有些人甚至認為他比狄氏更勝一籌。

True love is like the Loch Ness monster — everyone has heard of it, but no one's ever seen it.

（Meshach Taylor, Mannequin Two: On the Move）

真愛像尼斯湖怪般——每個人都聽說了，但沒有人真的見過它。

這句取自電影 "Mannequin Two: On the Move" 的台詞聽起來像是在開玩笑，然它與莎翁所言「真愛之途從不平順。」（The course of true love never did run smooth.）及 17 世紀初的法國古典作家 Francois De La Rochefoucauld 所言：「真愛像鬼魅般，每個人都談論它，但很少人真的與它面對面見過。」（True love is like a ghost; everyone talks of it, but few have met it face to face.），另康乃爾大學英文教授 Diane Ackerman 亦曾寫過：「每個人都承認愛是美好而必需的，然而沒有一個人能對愛是何物有所共識。」（Everyone admits that love is wonderful and necessary, yet no one can agree on what it is.）皆有異曲同工之妙。

解構英文：

　　like：喜歡；但 *is like* 的意思就變成「像」。

　　Loch Ness monster（尼斯湖怪）是蘇格蘭的一則傳說。據說，長久以來尼斯湖裡住有一隻狀似恐龍的龐然大物，不少湖怪迷終年守候湖邊，為的是能捕捉到牠的影像。坊間確實流傳有不少湖怪浮出水面的畫面，如假似真的，謠傳滿天飛。英美各國曾先後派出由多位科學家組成的船隊，利用最先進的超音波探測儀來回的在湖內偵察，結果皆未獲湖底宿有碩大怪物的訊息，於是研判稍早流傳的模糊湖怪相片可能為有心人利用暗房技巧移花接木的結果。話雖如此，觀光客及湖怪迷皆寧信其有的依然長年守候湖旁，等待湖怪的身影。Loch 在蘇格蘭文中指的是「湖」之意。

Meshach Taylor 梅夏克・泰勒：曾因演 CBS 電視劇 "Designing Women" 中的 "Anthony Bouvier" 一角而獲艾美獎提名。出道很早，最成功的喜劇是 "Mannequin and Mannequin Two: On the Move"。

Philosophy of Love 愛情的哲學..*111*

Can love really be satisfied with such polite affections？ To love is to burn.

（Kate Winslet to Emma Thompson, Sense and Sensibility）

愛真的能靠如此優雅客氣的感情獲得滿足嗎？要愛就要燃燒！

俄國大文豪托爾斯泰曾說："There are as many minds as there are heads, so there are as many kinds of love as there are hearts."意謂世上有多少不同的心，就會有多少不同的愛。如是看來，凱特一番斷然的話，恐非全然真切，畢竟每對戀人的世界是一個私密的宇宙，有的火辣有的婉約，倒是有一點以可肯定的：太過理性而瞻前顧後者，是無法談情說愛的。此語出自李安所導的電影「理性與感性」（Sense and Sensibility），劇中一向敢愛敢恨的凱特‧溫斯蕾，以極不以為然的口吻，向含蓄矜持的姐姐艾瑪‧湯姆森咆哮道，愛情怎能不慍不火，要愛必然要像赤焰般燃燒！

解構英文：

be satisfied with：滿足，滿意。

affection 情愛（名詞），它的形容詞是 affectionate 情深的。

另，外形很近的一字是 affectation （of）：做作，裝模作樣；without affectation：不做作。

_____

_____

_____

_____

_____

_____

_____

_____

Love is like the measles, the older you get, the worse the attack. （Mary Roberts Rinehart）

愛就像麻疹，越老感染，承受它威力的能力越弱。

有道是臨老入花叢，尤見意亂情迷，難以招架，不論這分感情是否被祝福，都必須謹慎對待，否則難免留下令人遺憾的後遺症。

· · · · · · · · · · · · · · · · · · · ·

解構英文：

the + 比較級，the + 比較級 = 越……越……

The more you have, *the more* you want.

（擁有愈多，慾望愈大。）

The sooner （or higher, less, etc.）, *the better*.

（越快或[高，少，等]越好。）

在藍哈特這個句子裡，即是這類比較級慣用法的典型 *The older* you get, t*he worse* the attack. （你愈老，這種疾病對你的打擊就愈嚴重。）

· · · · · · · · · · · · · · · · · · · ·

Mary Roberts Rinehart 瑪莉·藍哈特（1876-

1958）：以謀殺小說有名。在她全盛期，她的名氣遠超過她的主要對手英國女作家阿葛瑟·克莉絲蒂。她每天固定寫 4000 字，終其一生共完成 50 多本書，8 個劇本，及上百篇短篇小說、詩及遊記。

The Greek poet Sappho described love as bittersweet. It creates and destroys. Its mystery is as deep as its power is strong. Still, it is worth every risk.（Thomas Moore）

希臘詩人薩普侯描述愛情為苦甜兼具，它能創造亦能毀滅。它神秘性的深邃度幾與它能量強度等量齊觀。話雖如此，它依然值得你去冒險。

你心裡最明白，當戀人對你一往情深時，受到心靈上燃燒感情的啟發，世界瞬間美好起來，花嬌草艷，天地充滿祥和，你的靈思和眼眸獲得重新開啟，對人性產生新的信心，整個人飄飄然起來，這種個人特質的轉變不僅友人會隱隱覺察，連自己亦說不出所以然來，但你不想去分析，只因戀愛本就是跨越熟悉的自我，迎合另一個個體，心境的丕變，原屬必然，何況是那種發自內心深處，千金不換的大喜悅！然而，就像一刀的兩面，愛，可以教人生也可以教人死，一旦出現情盡緣散，愛去恨生時，上述的溫柔和煦驟然消失，你的世界整個改觀，留下的是難以忍受的荒涼，這時那些視愛情為一生志業的情癡，也許會

不惜演出自毀毀人的劇碼，小說中這類情愛孤絕，心靈死亡的悲劇角色不少，像白先勇筆下那位情感激烈的玉卿嫂不就是活脫脫的典型？

· · · · · · · · · · · · · · · · · · · ·

解構英文：

注意：its（它的）與 it（它是）兩者的不同。

本句中 Its mystery is as deep as its power is strong. 的句型屬於形容詞的同等比較：

as ＋ 原級形容詞 ＋ as ＝ 和……一樣

He was as pleased as she was.（他同她一樣高興。）

· · · · · · · · · · · · · · · · · · · ·

Thomas Moore 湯姆斯·墨爾：墨爾曾試著以擔任天主教修士長達 12 年的經歷，探求人類生活的神聖面。寫過暢銷書《靈魂之照應》（*Care of the Soul*），《靈魂伴侶》（*Soul Mates*）。目前在美擔任心理治療師。

Love motivates.

Love inspires!

Love ignites!!

Love is awesome!!! （Millard Fuller）

愛能誘導，愛能激發，愛能引燃，愛教人敬畏！

Millard Fuller 米拉德‧福勒：29 歲已是白手起家的富翁，但與妻子的婚姻卻岌岌可危，後來受神的感召，不僅決心與妻子重修舊好，並起而行的在全美各地及世界上的 60 個國家廣設人道救援庇護所。25 年來共收容了 35 萬遊民。

Love is my decision to make your problem my concern.
（Robert Schuller）
愛是一個讓你的問題成為我的關切的決定。

當你愛一個人，環繞愛人的一切都成為你關注的焦點：他的飲食起居，日常作息，甚至他的交友情況或內心思維，你都懷有高度興致，特別是他的痛苦煩憂，你更感同身受，恨不得鑽進對方的體內，細細貼近他的脈搏，百分百掌握戀人的生命流動後，能代為承受。歌星蔡琴高歌的「讀你」中不就有一句「你的一切行動左右我的視線」嗎？吟誦的正是沐浴愛情中人的甘受擺佈。當然，這句話若將它拿來從寬解釋，亦適用於親情友情間哩。

Robert Schuller 羅伯特・史勒：1955 年在加州設立了第一座可驅車直入的教堂，後來在電視上主持一個堪稱是全世界最常被轉播的電視彌撒「權力的小時」（Hour of Power）。羅伯特博士共出版 32 本書，目前是世上探討如何激發潛能最炙手可熱的演講者。

Love is magic — give it away and watch it return!
（Jessye Norman）
愛具有魔力——才將它送出，就看它回頭。

　　顯然潔西・諾門是位內心有著大愛的幸福女子，深諳愛只要釋放出去，回饋將更為豐碩的人間至理。我們只能兀自祈禱這一良性循環若能轉換到紅塵裡的男女，豈不完美！可惜，這種付出必有回報的高貴愛情哲理，似未必能一廂情願的完全適用於男女之情上，因為這種情可遇不可求，亦無多少因果可循，即便是你堅信自己遇上了一段發自精神絕對深處的呼應，兩顆原始潔淨的心靈以純情打造的超現實世界，都無可避免的要為那背後可能隱藏著的「花無長好月無長圓」的憂患陰影，隨時預作承受痛苦的心理準備。

. . . .

解構英文：

　　give away：（1）讓渡，轉讓：諾門的這句話 give it away（將愛轉讓出去）就是一例，在這裡 it，指的

是 love。

（2）（口語）揭發，暴露（秘密）等：That remark *gave away* his real feelings.（這番話暴露了他的真實感覺。）

（3）在婚禮中將新娘引導交給新郎。

. . . .

Jessye Norman 潔西・諾門：常在大都會歌劇院、皇家歌劇院、科芬園、維亞那暨漢堡國家劇院演唱。潔西 4 歲起即在教堂唱歌，她豐實的嗓音讓聞者為之動容，演唱的劇碼包括莫扎特、華格那等所作之曲目。

_____

_____

_____

_____

_____

_____

Love is a fragile rose that withers without attention.
（Lee Greenwood）
愛情是一朵脆弱的玫瑰，一旦缺乏照顧勢必凋謝。

很多人都瞭解玫瑰如果不再盛放，不是因為風水不好，而是缺少細心灌溉及微笑看花的人。同樣，愛情是一門不能一味予取予求的學問，它需要雙方不停的投入，只要一方稍有短缺，都將使愛情殘缺。

Lee Greenwood 李‧格林伍德：是一位出色的薩克斯風手，高中就籌組樂團，曾兩次被「鄉村音樂學會」頒發「全美男性最佳嗓音」獎，他所唱的「天佑美國」愛國歌曲，獲布希及雷根總統青睞，在競選時多次使用。

Never confuse passion with love. True love combines passion, forgiveness, understanding, and patience in equal parts. (Christine Todd Whitman)

切勿將激情與愛情混淆，因為真愛涵蓋激情、原諒、瞭解及耐心，且四項特質完全等量。

的確，愛情遠比人間其他情誼複雜得多，它交纏著友誼、深情、慾望、渴慕及認同。換個角度看，一旦男女僅存有肌膚之親的激情，很可能演出像詩人艾略特（T.S.Eliot）在《荒原》（*The Wasteland*）詩篇裡所傾訴的：性愛連床。一點也不纏綿，甚至連喘息心跳的感覺都沒有，不啻露骨地揭露出，處於有性無愛的「性交荒原狀態」的空虛與悲哀。

· ·

解構英文：

passion 指的是一種蘊含強烈性慾難以抗拒的激情。另一個很相近的英文字是 lust，但它除了指強烈色慾外，還暗藏了不太正當的意涵。至於 amorous 則亦為愛慕之意，與 in love with someone 同義。

Christine Todd Whitman 克莉絲汀·惠特曼：
1993 年挑戰現任州長成功，成為第一位登上紐
澤西州長寶座的女性。1997 年連任成功，足見
她政績斐然。

_____

_____

_____

_____

_____

_____

_____

_____

_____

_____

Love is ...finding your soul mate! ...without losing your soul...! （Shirley Jones and Marty Ingels）

愛是在不失去你的靈魂下找到你的靈魂伴侶。

Shirley Jones and Marty Ingels 雪莉・瓊斯暨馬提・安吉爾斯：兩人皆是美國電視脫口秀及喜劇演員。

The most important thing I know about love is: it is at its very best when it is mutual！（Abigail Van Buren）

我認為愛情最重要的是：當感覺是相互時最是美妙！

愛情之路，常因雙方不同的期盼，夾雜著幾許起伏不定的情緒，及說是無情卻還有意的猜測，那種不確定的浪漫情愫，恰與唐朝劉禹錫所寫的「東邊日出西邊雨，道是無情卻有情」相吻合，這種難以捉摸的戀人心，的確頗令人摧心扯肝、神魂顛倒，難怪畢鸞有「當感覺是相互時最是美妙」的感喟。

解構英文：

at one's（its）best：顛峰狀態，（花等）盛開，最擅長：This book shows the author *at his best*.

（這本書顯示作者最擅長的一面。）

Abigail Van Buren 阿碧蓋兒‧畢鸞：1956 年，時年已 37 歲的畢鸞以一介家庭主婦身分，打電話給《舊金山紀事報》，聲稱能寫更好的專欄。初時報社半信半疑，但 2 個月下來證明實

力後 ，一寫就是 40 年，成為文章刊登於全美
最多報章雜誌的專欄作家。 此外，她並開創
「親愛的艾比」（Dear Abby）專欄，不時為殘
障等弱勢團體請命。

_____

_____

_____

_____

_____

_____

_____

_____

_____

_____

Philosophy of Love 愛情的哲學..127

Love is an irresistible desire to be irresistibly desired.
（Robert Frost）

愛是渴望被人無可抗拒地愛戀著的一種無可抗拒的慾望。

佛家說：「眾生念念，不離男女」，愛與被愛是紅男綠女的自然本能，可惜人間大多煩惱，都離不開兩性情愛的範疇。因為一段美麗戀情的誕生，並不意謂著必定天長地久，凡能生者皆能滅，這是宇宙的恆常現象，無怪乎，嘗聽人感嘆道：「為人在世，怎是一個情字了得！」既然無法擺脫情感的左右，不妨及早練就「曾經擁有，又豈在乎天長地久」的灑脫，紅塵碧海內的癡男怨女才不全於多如恆河之沙。

解構英文：

佛洛斯特這句像繞口令般的話，充分顯露他駕馭文字的技巧，但只要將句中幾個字的屬性弄清楚，當不難明白全句的意思。

resistible：可抗拒的，它的相反詞是 irresistible：不可抗拒的。

an irresistible desire：一種不可抗拒的欲望，irresistible 是形容詞，用來修飾後面的名詞 desire。

至於 be irresistibly desired：被人無可抗拒地愛慕著，irresistibly 是副詞，用來修飾後面的被動動詞 desired。

. . . .

Robert Frost 羅伯‧佛洛斯特（1874-1963）：美國詩人，作品崇尚實際又富神秘色彩。他對植物學極感興趣，大自然對他來說跟宗教一樣重要。他曾赴英國，受英國浪漫詩人華茲華斯，及白朗寧的影響甚鉅，由於他的詩選頗受英國人重視，因此一次大戰後返國，美國出版界開始向他積極約稿。作品有《那條未走的路》（*Road Not Taken*）、《羅伯佛洛斯特詩集》（*Poetry of Robert Frost*）等。

Love cannot be forced, love cannot be coaxed and teased. It comes out of Heaven, unmasked and unsought.

（Pearl S. Buck）

愛是不能被強迫的，愛是不能巧言哄誘及戲弄的。它來自上天，未戴面具，無須尋覓。

世上的各種感情要屬男女感情最偽裝不來，它不能有一絲勉強，不能帶丁點矯飾，否則肯定難以天長地久，17世紀的法國古典作家侯西福果公爵 Duc De La Rochefoucauld 亦曾說過：「當愛存在時，無法長久隱瞞；當愛離去時，亦無法偽裝。」（There is no disguise which can for long conceal love where it exists or simulate it where it does not.）。

這也正是我們之所以會對「天造地設」、「佳偶天成」等人間美眷如此欣羨的道理。 只是在詭譎多變的人世間，尋找真情以對的靈魂伴侶談何容易？有道是「易求無價寶，難得有心郎」，更何況當緣分未到時，等待是頗為無奈的，是機率也看巧合，刻意的去尋尋覓覓常亦不復可得，宋朝辛棄疾所寫「眾裡尋他

千百度，驀然回首，那人卻在，燈火闌珊處」的詞，
說的不就是可遇不可求的玄妙嗎？

解構英文：

　　unsought：不去企求，探尋；是 unseek 的過去分
詞。

Pearl S. Buck 賽珍珠（1892-1973）：美國女
作家，在中國度過青春年華。以描寫中國生活的
小說著名。長篇小說 《大地》 被譯成多種語
言，1938 年獲諾貝爾文學獎。二次大戰後，
提議救助美國軍人在亞洲各國的非婚生兒童，
創立賽珍珠基金會，1967 年她把自己大部分
收入 700 多萬美元移交給基金會。

_____

_____

_____

_____

It is difficult to know at what moment love begins; it is less difficult to know that it has begun.
（Henry Wadsworth Longfellow）
人們很難得知愛的火花在哪一刻燃燒，但確知它已悄然開始，則不是那麼難。

英國詩人奧斯汀‧道伯森亦曾說過：「愛來時飄忽無影，我們只有在它離去時才得見。」（Love comes unseen; we only see it go.），英文以 fall in love 墜入情網，來述說愛情常在你最不設防時叩門，讓你還理不出頭緒時已一古腦栽入愛情漩渦；相反的，當戀人情意堵塞，罅隙擴大時，他倆可是共睹愛情的逐漸凋零褪色呢。

. . . .

解構英文：

　　it 是「形式主詞」（Formal Subject，亦稱假主詞）以代替後述之真主詞（通常為動名詞、不定詞、名詞子句），因此，朗費羅這句話的假主詞 It = to know at what moment love begins，所以全句可以代換成：

To know at what moment love begins is difficult, to know that it has begun is less difficult.

. . . .

Henry Wadsworth Longfellow 朗費羅（1807-1882）：19 世紀最著名的美國詩人，曾主持哈佛大學近代語言課程 18 年之久。1855 年以芬蘭史詩〈卡勒瓦拉〉為藍本，寫出《海華沙之歌》（*The Song of Hiawatha*），是他藝術最高的作品之一。此外，他模仿喬叟文體所寫的《路畔旅舍的故事集》（*Tales of a Wayside Inn*），更再度顯示了他的斐然文采。死時倫敦西敏寺為他的紀念碑舉行了揭幕式。

Love is the triumph of imagination over intelligence.
（H.L.Mencken）
愛是幻想戰勝智慧的最好例子。

　　隨便翻閱流傳坊間的名人情書大全，看在第三者眼裡，簡直是灌滿誇張愛情的瘋言狂語，或甚至無可自拔的囈語，全然是熱戀中人任由幻想脫韁的效應。但別擺出一副不屑或道貌岸然的姿態，畢竟，愛情本就具非理性的神秘本質，也正因如此，才會讓世間多少癡情男女寧願犧牲一切去換取個中的繾綣纏綿啊！

解構英文：

　　the triumph of ...：……的最好例子。

　　triumph （*over*）：戰勝

　　此外，triumph 尚有極致的意思，如：That is a triumph of architecture.（那是建築的極致。）

Henry Louis Mencken 門肯（1880-1956）：美國評論家兼新聞記者。先後服務於《巴爾的摩先驅報》及《太陽報》。他不斷運用文學批評的武器抨擊美國的時弊。他的評論雜文共6卷，取名《偏見集》（*Prejudices*）頗受時人重視。

Love looks not with the eyes, but with the mind;

And therefore is winged Cupid painted blind.

（William Shakespeare）

愛不是以眼睛而是以心去看，是以那展翅的丘比
特會被彩繪成盲者。

解構英文：

　　丘比特 Cupid 乃羅馬愛神維納斯之子，他在羅馬
又有一個「射箭盲小孩」的美名。祂是一位任性善
變，背上馱著一桶箭，長有翅膀的小男童，以射出愛
之箭，使兩位被挑中的人陷入情網為樂。

. . . .

William Shakespeare 莎士比亞（1564-1616）：
被廣泛認為是古往今來最偉大的作家。他在 16
世紀與 17 世紀之交為英國一個劇團寫的劇本，
至今在眾多國家上演，並為世人普遍閱讀。其文
才橫溢，創造的喜怒哀樂場面使人印象鮮明，歷
久難忘。一般認為他的才華最明顯表現於他的四
大悲劇：《哈姆雷特》（*Hamlet*）、《李爾王》
（*King Lear*）、《奧塞羅》（*Othello*）和《馬克
白》（*MacBeth*）。

Love is blind: that is why it always proceeds by the sense of touch. （French Proverb）

愛情是盲目的：這就是為何它總是經由觸覺開始進展開來。（法國諺語）

當我們說「愛情是盲目的」時，指的是愛情令人迷惘而無所適從，它沒有道理，亦沒有預定軌跡可循。但這句俏皮話則將 blind 平鋪直述的譯成失明，戀愛中的兩人當然樂得靠雙手的愛撫去增進彼此的感情囉。

. . . .

解構英文：

sense：感覺；（……的）觀念，如：*sense* of justice：正義感，*sense* of time：時間的觀念，He has no *sense* of humor.（他沒有幽默感。）

Love makes a subtle man out of crude one, it gives eloquence to the mute, it gives courage to the cowardly and makes the idle quick and sharp. （Juan Ruiz）

愛使一名粗獷的男子變得細膩，它讓拙於言辭者有了口才，它賜予懦夫勇氣，使慵懶者敏捷犀利。

愛有種不可解的魔力，就是讓戀人突變。不是說過，被愛神的箭射中的男人不可避免得變得像綿羊般溫馴，柏拉圖亦說過，愛情讓所有的人一夕間全變成了文思泉湧的詩人（At the touch of love, everyone becomes a poet.），難怪 Teilhard de Chardin 要下「愛是最全面，最驚人及最神秘的宇宙能源」的結論呢（Love is the most universal, formidable and mysterious of cosmic energies.）！

解構英文：

s u b t l e 的[b]不發音，作微妙，精巧解，如：a *subtle* perfume：幽幽的香氣。

crude：未加工的，粗糙的，如：*crude* reality（露骨的現實），*crude* manners（粗魯的態度）。

mute：啞的（形容詞）。

the＋形容詞＝複數名詞，因此，the mute ＝ mute people（啞而無語的人們）。

coward：懦夫（名詞）。cowardly：懦夫的（形容詞）。

the cowardly ＝ coward people（懦弱的人們。）

魯伊斯的整句話，用了很多意思相反的字眼，如 subtle 對 crude；eloquence 對 mute；courage 對 cowardly；idle 對 quick and sharp。讀來簡潔有力。

. . . .

Juan Ruiz 魯伊斯（1283-1350）：西班牙詩人，伊塔副主教。傑作《真愛詩集》（*El Amor*）是一部極精美的各種短詩合集，有讚揚聖母瑪莉亞的頌詩，也有描繪卑微婦人的歌謠。

The pleasure of love is in loving, and one is happier in the passion one feels than in the passion one arouses in another.
（Duc De La Rochefoucauld）

愛的愉悅在愛的本身。那沈浸於愛的滋味者，較諸於激發旁人對自己之情慾者要快樂多了。

天秤兩邊的愛設若皆能對等，那真是得之我幸，不得我命，倘必須退而求其次，面對天秤明顯傾斜的景況，我想大多數的人寧可選擇自己是那位愛得較深的一位，因為愛過的人都知道，在情愛遊戲中，施比受更有福的俗話，其實亦真切得緊，因為任誰都有被愛得喘不過氣，只想逃開的夢魘吧！

. . . .

Duc De La Rochefoucauld 德拉侯西福果公爵
（1613-1680）：法國古典作家，以格言及最精簡語句譏諷路易十四宮廷內的自私虛偽及人性弱點有名。他的真知灼見對後來的湯姆士哈弟及尼采有深厚影響。

Love is banality to all outsiders. （Mae West）
愛情對所有外人來說都是陳腔濫調。

戀人面對心儀者唯有傾倒，唯有濫情的表述自己的癡情，他們聽不完說不膩，但旁人聽了，卻只有噁心得要起雞皮疙瘩。這些千古不變的陳腔濫調，聽在戀人耳裡，全都化為雲彩詩篇。這種典型的戀愛症候無關乎對錯，但凡要談感情，恐怕都要陷入愈癡癲肉麻就愈愛的刻板模式呢。

解構英文：

　　banality：平凡，陳腐。banal：平凡的，陳腐的。

　　outsider：（1）局外人，門外漢；（2）賽馬等無勝算的馬（人）。

　　如：The *outsider* sees the best （most）of the game. （諺）旁觀者清。

Mae West 梅伊‧韋斯特：極具煽情能耐但又略嫌低俗的性象徵。1926 年她因撰寫話劇《性》，輿論為之譁然，結果招來牢獄之災。但她不氣餒，稍後又寫一齣以同性戀為主題的劇碼，這回佳評如潮，未幾即獲好萊塢青眼，片約不斷。雖然當時民風保守，但她前衛地將很多煽情字眼加入劇本中，久而久之，這些台詞竟成為美國主流社會的詞彙。到了 1935 年她已然成為美國受薪最高的女性。

A fire that no longer blazes is quickly smothered in ashes. Only a love that scorches and dazzles is worthy of the name.
（Juliette Drouet）

一把不再燃燒的火焰，將很快在灰燼中熄滅，只有炙熱及耀眼的愛才不辜負愛情之名。

解構英文：

　　be worthy of：值得的，如：*is worthy of* praise（＝worth to be praised ＝ worth praise）：值得稱讚的。

· ·

Juliette Drouet 裘麗葉‧朱伊特 （1806-1883） ：裘麗葉‧朱伊特出身卑微，但姿色絕佳，喜愛出入聲色犬馬場所。為了免於貧窮的恐懼，她在遇到雨果之前至少有四位富豪級的戀人。儘管她的情史複雜，她成功地向雨果「洗腦」稱「擁有一名愛人的女子是天使，擁有兩個愛人的女子是怪物，但擁有很多愛人的則是道道地地的女人。」雖然朱伊特嫁給雨果後仍揮霍如故，但兩人真愛逾50年的一生，迄今仍為人們所樂道。

Love is like a soft mattress: it's easy to fall into, but not so easy to get out of.

(Gladiola Montana and Texas Bix Bender)

愛情像一個軟墊，很容易陷入，但不易脫身。

常聽人形容愛情像戰爭一樣，開戰似乎不難，但你得在尚能脫身時趕緊叫停，否則當一方發現情感走味，想慧劍斬情絲之際，另一方仍眷戀著變色的戀情，藕斷絲連地糾纏不清，從某個角度來看，未始不是對彼此的心理折磨，倒不如瀟灑地揮別那位對自己已勾不起一絲激情的舊戀人，重新等待有緣人，如此雖然彼此當不成情人，至少還是個體已朋友啊。

解構英文：

Gladiola Montana and Texas Bix Bender 葛萊蒂奧拉‧蒙坦娜暨德克瑟斯‧般德：兩人曾分別撰寫《女牛仔對人生的指引》（*Cowgirl's Guide to Life*）及《男牛仔對人生的看法》（*Cowboy's Guide to Life*），且曾合作完成《牛仔談情說愛大指南》 （*A Cow folk's Guide to*

Romance）。基本上，兩人慣以雙關語及典型
西部牛仔的機智來抒發，讀了教人莞爾。

_____

_____

_____

_____

_____

_____

_____

_____

_____

_____

_____

Love is a word consisting of two vowels, two consonants, and two fools. （Jeff Rovin）

愛是一個含有兩個母音，兩個子音，及兩個傻子的字。

解構英文：

consist of：由......組成：The book *consists of* eight chapters. （這書共有八章）。

另，consist in：在(於)，如：Happiness *consists in* contentment. （幸福在於知足）。

consist with：與......並存，如：Health does not *consist with* intemperance. （健康與放縱不能兩立）。

Jeff Rovin 傑夫·羅溫：著作等身的小說家，然行事隱密低調，外人對他的生平迄今知之不多。

The emotion of love, in spite of the romantics, is not self-sustaining; it endures only when the lovers love many things together, and not merely each other. （Walter Lippmann）

愛的情感，儘管有浪漫的成分，是無法自我永續的，它的持久需要兩位戀人同時喜歡很多事，而非只是兩人彼此相愛即可。

解構英文：

in spite of：儘管……還是。

self：自我，與很多字可結合成複合字，如 self-repression：自我抑制；self-righteous：自以為是的；self-regulating：自動調節的。

merely：只是，單單。*not merely...but also*：不僅……而且。

. . . .

Walter Lippmann 李普曼（1889-1974）：美國新聞評論家和專欄作家。曾創立《新共和周刊》（*New Republic*），他所載於《紐約先驅論壇報》的「今日與明日」專欄，被250多家美國報紙和25家外國報紙聯合採用。李普曼兩度獲普立茲獎。

Try to reason about love and you will lose your reason.
(French proverb)

試著從愛情中找出道理，其結果是你將失去你的理性。 （法國諺語）

解構英文：

　　此句第一個出現的 reason 是動詞，意指琢磨出個道理，第二個出現的 reason 是名詞，指的是理性或理智。

One word frees us of all the weight and pain of life: that word is love. （Sophocles）

解除我們生命重擔及痛苦的一個字，那個字就是愛。

解構英文：

　　free of：無……的，免……的，如：free of charge 免費。

. . . .

Sophocles 索福克里斯（496-405 BC）：古希臘三大悲劇詩人之一，一生的最後 65 年皆用來為每年在雅典舉行的酒神節寫劇本，共寫了123個劇本。其題材主要是危機及死亡，但值得強調的是，在他的悲劇中，災難、痛苦和死亡絕不是偶然的、可悲的、或無意義的。

Platonic love is the name given to the period between the first look and the first kiss.（Anonymous）

柏拉圖式的愛情是人們替這個介於第一眼與初吻間之過程所取的名字。 （無名氏）

人們習慣將一種礙於客觀環境之限，無法進一步交往的男女關係形容為柏拉圖式的愛情，這種發於情，止乎禮，純屬精神層面的性慾亢進，若能真切實踐，成為所謂的紅粉知己，倒亦是美事一樁，難就難在很多世間男女壓根兒不認為柏拉圖式的愛情是男女之間一種可能的狀態，稍一不慎便踰越雷池的例子時有所聞。

_____

_____

_____

_____

_____

If you must love me, let it be for naught except for love's sake only. （Elizabeth Barrett Browning）

如果你必須愛我，就請你純粹只為愛而愛，而無其他考量。

解構英文：

naught 在文學及古文中常用，指的就是 nothing（零或無價值）。

sake：緣故，僅在下列片語中使用：

for...sake：看在……的面上，如：*for God's sake* 看在上帝面上。

如果代名詞是複數時，有時亦寫成 sakes，如：*for our sakes*。

for the sake of：為了，因……的緣故。

．．．．．．．．．．．．．．．．．．．．．．．．

Elizabeth Barrett Browning 伊莉莎白・布朗寧（1806-1861）：以愛情詩出名的英國女詩人，她的詩集如 *Poetical Works of Elizabeth Barrett Browning* 迄今仍為時人廣為閱讀。值得一提的是，1844年她的另一本新書《詩》（*Poems*），

才出版不久，次年一月就收到維多利亞時代最
傑出詩人羅伯特‧布朗寧的電報：「親愛的芭
蕾特小姐，我衷心熱愛妳的詩，也愛妳。」兩
人在夏初見面，次年即秘密結婚。

_____

_____

_____

_____

_____

_____

_____

_____

_____

_____

_____

Age does not protect you from love, but love, to some extent,protects you from age. （Jeanne Moreau）
高齡無法保護你不墜入愛河，但愛情在某一程度內，能讓你免於老化。

後人從舊文史檔案中，不難發覺一項事實：愛情不會因人老而感覺遲鈍，當你碰上了，照樣被震得神魂顛倒，而且愛起來可能比年輕人更瘋狂！英國文豪蕭伯納演出像飛蛾撲火般的追求熱勁時已有五、六十歲；再看浪漫主義大師雨果寫給元配的情書，推測兩人感情原不差的蛛絲馬跡。然而，大師令後人最感懷的情書並非年輕時寫給妻子的那些，而是與他攜手走過五十多年風雨戀情的情人裘麗葉‧朱伊特。當今人讀到八十多歲的雨果以顫抖的筆跡向裘麗葉‧朱伊特傾訴：「我愛妳，我對妳的愛超出了塵世之愛，我對妳的愛發自永恆的心底。」時，勢必更能領悟：當愛情降臨時，是無關乎年齡的，要不「黃昏之戀」的詞彙從哪兒來？一旦一顆心被愛撩撥，生命登時有了嶄新意義，宛若置身天堂的幸福，有此情懷，歲月

流失的威脅瞬間顯得微乎其微了。

．．．．．．．．．．．．．．．．．．．．．．．．．．

解構英文：

　　protect（a person）*from*：保護某（人）不受某種
傷害，亦可用 *protect* （a person）*against*。

　　片語 *to some* （a certain） *extent*：到某個程度，多
少。

．．．．．．．．．．．．．．．．．．．．．．．．．．

Jeanne Moreau 珍・夢露（1929-）：法國女演
員，在 1950 、 1960 年代新浪潮電影中表現出
眾， 20 歲那年已然成為法蘭西喜劇院最年輕
的成員。影片「最後的愛情」 是她的處女作，
尚演過 「午夜鐘聲」、「情人們」等影片。

In the silence of night I have often wished for just a few words of love from one man, rather than the applause of thousands of people.（Judy Garland）

在寂靜的深夜，我常渴望的不是數千人的掌聲，而是一名男子的幾句情話。

常常你以為像裘蒂・葛蘭這樣巨星級的傳奇人物，感情生活怎可能留白？但愛情這玩意就是這麼弔詭而令人蠱惑，它未必對那些所到之處無不成為眾目焦點的絕色佳人特別眷顧，也未必吝於給予姿色平凡小女子紅鸞星動的機會。

. . . .

解構英文：

few：少的，不加冠詞的 few 是否定用法，意為「不多」，有不定冠詞的 a few 是肯定用法，意為「有少許，有一些」。

I have *a few* friends.（我有一些朋友。）

in *a few* days（近日；兩三天之後。）

a man of *few* words（沈默寡言的人。）

葛蘭這句話的 rather than 有寧可（只有一人的愛語），而不要（數千人的掌聲）之意。

I would *rather* stay at home *than* go with him.

（同他去，不如留在家裡。）

people（人們）是集合名詞，此處因用以指集合體內的構成分子，以單數形作複數（特稱之為集合名詞），因此雖是數千人，不能寫成 peoples，但可代換成 persons。由於這個集合名詞的用法比較特別，現將它分點敘述：

（1）people（人們，複數）＋複數動詞（are 等）。

（2）a people（一個民族，單數）＋單數動詞。

（3）peoples（[許多]民族，複數）＋複數動詞。

Judy Garland 裘蒂·葛蘭（1922-1969）：米高梅電影公司一共製作了 30 部由她擔綱演出的電影，其中以「紐倫堡大審」及「綠野仙蹤」最有名，特別是她在「綠」片中所飾的「陶樂絲」一角，奠定她日後在影城大紅大紫的契機，主題曲 "Over the Rainbow" 尤為膾炙人口，此曲曾被票選名列 20 世紀最受歡迎之歌首選。

Love is never complete in any person. There is always room for growth. （Leo Buscaglia）
愛情從不曾在任何人身上完成，它總留有成長的空間。

常聽人講愛情像是銀行裡的戶頭，你不能予取予求的一逕兒往裡頭拿，卻吝於注入一分一毫，要知道愛情停止增加時它便漸漸褪色，更何況被無止歇的銷蝕後的不堪了，反過來說，真愛不擔心你的豐盈灌注，事實上你會發覺人一旦真動了情，是怎麼愛也不覺得夠的。那些能夠說清楚自己有多愛的人，就表示他愛得不夠深哩。

. . . .

Leo Buscaglia 李奧‧巴斯卡力（1924-1998）：
南卡大學教授，一生致力於教人如何尋找幸福，
創造和諧親愛的人際關係。所著之書有 *Living,
Loving and Learning,Born for Love* 此外美國著
名的慈善機構 "Felice Foundation" 就是在他鼓
吹下設立的。

Love is always open arms. If you close your arms about love you will find that you are left holding only yourself. （Leo Buscaglia）

愛需要敞開雙臂，如果緊鎖雙臂，你會發現最後只有自己擁抱自己。

　　愛是在你付出後不會有所虧損的東西，它是一種愈施予，存量就愈多的能源，你可以對數百人用情，卻依然保有你最初即蘊含的那分愛。是以當機會來臨時，請敞開雙臂，打開心扉地去愛，無須擔心它會用盡枯竭，因為我們內心能保有的唯一的愛，就是我們付出的部分。

· ·

Leo Buscaglia 李奧・巴斯卡力：同 157 頁。

One cannot find love when one seeks it; it comes to us when we do not expect it. （George Sand）

當一個人刻意尋找愛情時，是無法尋得的，但愛卻會在我們毫無預期下翩然來臨。

中國人有句「欲擒故縱」，可謂道盡情愛遊戲的技巧，也向世間男女明確點撥了愛情絕非苦苦追求可得的。如果是該發生的時候，愛情會像巡弋飛彈般追逐你，即便是你心裡尚未準備好，恐怕想抽身亦不可得，愛情就是有辦法從不可能變可能，而且將化身為我們心甘情願抽吸，隨時有可能爆炸的雪茄。因寫激情及引誘之術而未能見容於當時統治者、終被流放的古羅馬偉大詩人奧維德，不是亦有「我逃離追我的人，但追求遠離我的人。」（ I flee who chases me, and chase who flees me.）的感言嗎?!

George Sand 喬治‧桑（1804-1876）：法國浪漫主義女小說家，之所以選用如此男性化筆名取代阿曼婷杜蒂凡特的本名，實係在她的時代，女

性的文采很難受重視之故。喬治‧桑是一位勇於表達情愛的前衛女子，終其一生風流韻事纏身，曾與蕭邦同居8年。早期作品中重複出現的主題是愛情超脫傳統觀念和階級的障礙；後期她在所謂的鄉村小說中找到真正最適合她的形式，這種小說的靈感主要來自她一生對鄉村的熱愛和對窮人的同情。

There are as many kinds of loves as there are flowers:
everlastings that never wither; speedwells that wait for the
wind to fan them out of life; blood-red mountain-lilies that
pour their voluptuous sweetness out for one day, and lie in
the dust at night. There is no one flower has the charm of
all.（Ralph Iron）

愛情像花一般亦有多種繽紛類別：有從來不凋謝的
長青花；有靜候微風吹出它們生命的婆婆納；也有
血紅的山百合，傾全力展現一天的妖艷甜美後，入
夜甘願沈寂於塵沙中。換言之，世上沒有一種花擁
有全部迷人的特質。

　　戀人走上分手之路，有很多時候是一方無法全然
符合對方的幻想。天真的女孩憧憬著男友有著像愛因
斯坦的腦袋，像伍迪‧艾倫般的詼諧，像麥可‧喬登
般的健壯，像休‧葛蘭般的瀟灑，殊不知，集各種美
好條件於一身的人，只有在電影中去找，現實生活裡
的人常不是這麼一回事，因此切莫先設下量身打造的
高標準，也別奢望對方能按照你想要的模式去愛你，

否則終不免會有情海浮沈、良緣難覓的怨嘆。

解構英文：

    as...as：和……一樣。

    wait for：等待。

    wait on (upon)：服侍，侍候。

    voluptuous：肉慾的，貪戀酒色的。 lead a voluptuous life：過酒色生活。

    Ralph Iron 雷夫・艾朗：不詳。

It is the loving, not the loved, woman who feels lovable.
（Jessamyn West）
愛對方而非被愛的女子才會散發迷人氣質。

愛與被愛孰較幸福，也許有少部分人會選擇被動的後者，但我相信大部分人寧選主動的愛，女作家 Dorothy Dix 就曾很露骨地說道：「一個女人若從未嘗到被愛的感覺固然極為不幸，但若她從未愛過則更是悲劇一樁。」（While it is a misfortune to a woman never to be loved, it is a tragedy to her never to love.）

解構英文：

只要將下列這三個字的意涵弄清楚，就能體會衛斯特想傳達的，在愛情上施比受更有福的觀念。

loving：有愛情的；loved：被愛的；lovable：惹人愛的，可愛的。

Jessamyn West 傑薩米・衛斯特（1903-1984）：寫作的種類包括小說、回憶錄、詩

篇、話劇劇本及歌劇，共 19 本，銷售總數達
600 多萬冊，對美國文壇有肯定的貢獻，曾獲
頒 9 所學校贈予的榮譽文學博士。

Love is a state of mind that begins when you think life can't
be any better, and ends when you think life can't be any
worse. （Anonymous）
愛情始於當你覺得生命不可能比現在更美好的狀
態，結束於當你覺得生命無法更糟時。（無名氏）

Love cannot survive if you just give it scraps of yourself, scraps of your time, scraps of your thoughts.
（Mary O'Hara）

如果你只願給予一小部分自己，一小部分時間，一小部分思維，愛是無法存活的。

愛情就像培植花木般，想要它綿延熾熱，經常的拂拭，照顧，與凝視，是有絕對的必要的，稍一怠忽，便悄然凋謝失色。

· ·

Mary O'Hara 瑪莉·奧哈拉（1885-1980）：默片時代的劇作家，到了 1950 年代許多劇本皆被 20 世紀福斯相中，拍成電影。My Friend Flicka 亦被譯成各種語言。她本身尚是一位天才作曲家及鋼琴家。

We only deliberately waste time with those we love--it is the purest sign that we love someone if we choose to spend time idly in their presence when we could be doing something more "constructive". (Sheila Cassidy)

我們只會為所愛的人刻意浪費時間——這是我們愛某人最純潔的跡象，寧可不去做「具建設性」的事，而選擇將時間拿來與他們無所事事地虛度。

常看到電影裡有這樣的情節：在外匯市場當主管的男主角，工作日程排得緊張得透不過氣來，那壓力已使他對周遭同事幾乎六親不認。就在這種恐慌式混亂中，心儀已久的女子嫣然出現，這時觀眾幾乎毫不例外的會見到男主角擺下手邊堆積如山、急待處理的案子，全神貫注的陪著女子瞎扯淡，登時那攸關業績的天文數字交易已顯得無關緊要，看得一旁同事直為他的執迷愚傻乾瞪眼。這種現象其實正是愛情令人癡迷的典型神髓，因為基本上戀愛與保持理智根本上是無法並存的，換言之，時間會突然在戀人眼裡變得很主觀隨興，只因他處於高度興致中，他就是時間暴發

戶，愛怎樣浪擲時光，都不覺虛度。試想如果為鍾愛的人可以赴湯蹈火，時間又算得了什麼呢？

. . . .

解構英文：

　　presence 這個字，我們最熟悉的解釋就是「出席」，但它還有其他解釋，如：（人）所在地，（人的）面前等。卡西迪這句話 *in their presence*（在他們面前）便是典型。

　　此外，presence 尚有「拜謁」，「相貌」等義，如：

The knight was admitted to the royal *presence.*

（騎士獲准進謁國王。）

He has a poor *presence.* （他的相貌不揚。）

. . . .

Sheila Cassidy 席拉‧卡西迪：畢業於牛津大學的席拉是心理醫師，目前在英國普立茅茲的德里佛德醫院執業。

Love is the wisdom of the fool and the folly of the wise.
（Samuel Johnson）

愛情是傻子的智慧及智者的愚蠢行為。

解構英文：

約翰遜果然是字典編纂者，擅於將對比文字巧妙的呈現於句中，如「智慧」（the wisdom）之於「聰明的人」（the wise），及「傻子」（the fool）之於「愚蠢行為」（folly）的相互對應，念起來不僅聲韻上有節奏感，意涵亦頗為深刻。

Samuel Johnson 約翰遜 （1709-1784）：英國詩人、評論家、散文家和辭典編寫者。他的聲名不僅因作品，更因談吐機智雋永、強勁有力，在整個英國文學範圍內，除莎士比亞外，也許要數他最為著名，被人引用得最多。他於1755 年完成的 2 卷英文辭典，共收 4 萬字，被視為是英國文壇的大可汗。

Love starts when you sink into his arms and ends with your arms in his sink.（Anonymous）
愛在你滑入他的雙臂時開始，在你雙臂浸泡於洗碗槽的剎那宣告中止。（無名氏）

這句話有點像我們常說的「婚姻是愛情的墳墓」，感嘆唯美的愛情往往經不起日常生活嚴酷的考驗。創作此語的主人翁利用英文字 sink 的兩個詞性，成就出這麼一句傳神之語，讀來教人感到心領神會的趣味。

解構英文：

　　sink into 的 sink 是動詞，表示沈入；至於 in his sink 的 sink 是名詞，意思是洗碗槽。

In love, you pay as you leave. （Mark Twain）
愛情的遊戲是離開時才買單。

當兩情相悅你儂我儂時，在戀人的世界裡，不論是精神或物質範疇，你的就是我的，我的就是你的。但是在愛意不再時，雙方會對許多事顯得斤斤計較。一旦真走到揮手告別之路，才會認真細數來時路，為往昔所付出的真情低迴不已，更不堪的是，雙方若是還得為糾葛不清的世俗財物進行清算盤點，那才教人倒足胃口。

Mark Twain 馬克‧吐溫（1835-1910）：一生共出版諷刺散文、歷史小說、短篇小說、非虛構類小品等共30本，以《湯姆歷險記》（*The Adventures of Tom Sawyer*）、《乞丐與王子》（*The Prince and the Pauper*）等最具口碑。除了這些家喻戶曉的經典作品，吐溫尚有35本詳載他在美國、亞洲、中東經歷的珍貴遊記。他在世時雖已頗受愛戴，但他不朽的文名是死後才與日俱增的。

Love is like quicksilver in the hand. Leave the fingers open and it stays. Clutch it, and it darts away.（Dorothy Parker）愛就像手中的水銀般，將手指張開，它安然不動地留於手中；緊抓它，它必急溜而去。

無巧不巧，與帕克同時代，以小說《白崖》名噪英美兩地的另一位女作家艾麗絲米勒，對愛情的認知幾與帕克如出一轍，連用字遣詞都頗為神似。請看米勒怎麼說的：「把愛情緊握拳中之人，未必能使愛情逗留得最久。」（Love will not always linger longest with those who hold it in too clenched a fist.）。比比看，你覺得哪一句的描述較能打動你的心坎？

• •

解構英文：

　　dart 作名詞用時，指的是標槍；dart 作動詞用時，則為發射，疾走，突進。

　　帕克這句話中 it *darts* away 即作動詞用，意為「迅速溜失」。

Dorothy Parker 陶樂西‧帕克（1893-1967）：
美國女詩人，短篇小說家。以機智筆調揭露從
20 世紀 1920 年代到 20 世紀中葉的城市愚蠢行
為。著有《活人輓歌》（*Laments for the Living*）
及《死亡與租稅》（*Death and Taxes*）等詩
集。

In the arithmetic of love, one plus one equals everything, and two minus one equals nothing.（Mignon Mclaughlin）

在愛情的算術中，一加一等於全部，二減一等於零。

記得四、五十年代紅遍半邊天的紅星伊娃‧嘉寶曾在某部電影中說，愛情是一種兩人一起玩且可雙贏的遊戲（Love is a game that two can play and both win.），但這得要在兩人愛情恆久彌堅的前提下才真確，一旦戀曲走上變奏歧路，就是全盤皆輸的慘境了。

‧‧‧‧‧‧‧‧‧‧‧‧‧‧‧‧‧‧‧‧‧‧‧‧‧‧‧

Mignon McLaughlin 米格儂‧麥克勞林：不詳。

Relationships

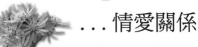

...情愛關係

A guy doesn't have to be Brat Pitt, he doesn't have to have some great car, and he doesn't have to be a rocket scientist. He just has to be there when you need him.（Shania Twain）

男人無須擁有巨星布萊德‧彼特般的英俊容貌，無須擁有名車，也無須是位數學天才，重要的是，當妳需要他時，他會在妳身旁。

少女情懷總是詩，夢想未來的另一半必是集布萊德‧彼特外貌、季辛吉聰明才智、老虎伍茲運動才華於一身的美男子，殊不知擁有迷人、逗趣、靈光、自信、機敏、性感及浪漫特質於一身的人，可能只有在電影中尋找呢，即便存在亦未必適合妳或與妳投緣！倒不如找一位能把妳捧在手心的人，比較實際些。

解構英文：

    rocket scientist：火箭科學家一詞在美國指的是數學能力超強的天才。

Shania Twain 珊妮亞‧唐：加拿大安大略省出生的鄉村歌曲女王，與夫婿羅伯特‧約翰‧蘭吉一起合作的曲子 "The Woman In Me" 讓她一曲成名 。此曲共售出 800 萬張，並為她掙得 1996 年的葛萊美鄉村歌后獎。

_____

_____

_____

_____

_____

_____

_____

_____

_____

_____

Woman should stand beside man as the comrade of his soul, not the servant of his body.（Charlotte Perkins Gilman）
女人應是男人靈魂的戰友，而非男人軀體的僕役，她應與他並肩而立。

Charlotte Perkins Gilman 夏綠蒂・吉爾曼夫人（1860-1935）：美國婦女運動著名理論家。1898年名著《婦女與經濟》（*Woman and Economics*） 中提出婦女唯有經濟獨立，才能獲得真正自由。此書在歐美暢銷並被譯成7種文字。

The ultimate in a relationship is finding a place where you have no inhibition, nothing to hide, where you can learn with one another.（Jennifer Aniston）

男女情感的極致是覓得一個無須壓抑、無須躲藏的兩人世界，在那兒你倆可相互學習。

很多男女誤解，以為相愛就必須為對方犧牲，完全放棄自我，設法徹底融入對方生活。但江山易改本性難移，或許為了取悅對方，你願短暫委屈，但這畢竟無法恆久。難怪有過多次交友經驗的女星茱莉亞羅勃茲亦有雷同的心聲：「我終於瞭解到在一種美好的男女關係裡，我可以維持任何讓我快樂的習性，不必因必須當某人女友而讓自我消失。」（I now understand，at long last, that in a great relationship you can still maintain all the things that make you happy. I think a lot of my misunderstanding of relationship was in thinking I had to evaporate to be someone's girlfriend.）。

解構英文：

ultimate 作形容詞時，指的是最終的（last），如：man's ultimate end（人生的終極目的）；又有「根本的」之意（basic）：ultimate analysis。在此例句中 ultimate 當名詞，作「結論，根本」解。

例句中 nothing to hide 之前用個逗點，其實是取代掉 where you have 這三個英文字，以免讀起來太累贅之故。換言之，這句子應該是 "..a place where you have no inhibition, where you have nothing to hide, where you can learn with one another."

. . . .

Jennifer Aniston 珍妮佛・安妮斯頓：因電視影集 "Friends" 而大紅大紫，與布萊德・彼特結婚後被譽為好萊塢最登對的金童玉女。

Intimate relationships can't substitute for a life plan. But to have any meaning or viability at all, a life plan must include intimate relationships. （Harriet Lerner）

親密關係無法取代生涯規劃，但要想生涯規劃具備任何意義或活力，它必須包括親密關係。

解構英文：

intimate 意思為親密關係，常指的是男女間的那種親熱，若要形容非男女間的親近關係則宜用 close 這個字，如：a close friend（一位密友）。

substitute：代替，替換：substitute margarine *for* butter（以人造奶油代替奶油）。

substitute 亦作「代用品」解：substitutes *for* rubber（橡膠的代用品）。

片語 *any at all* 在此純為加強語氣。to have *any* meaning or viability *at all* 即「想要有任何一絲絲的意義與活力的話，就……」。

．．．．．．．．．．．．．．．．．．．．．．

Harriet Lerner 海瑞特・羅納：臨床心理學家，

有 7 本心理學方面的著作，較有名的一本是
《慍怒的舞蹈》（*The Dance of Anger*）。

_____

_____

_____

_____

_____

_____

_____

_____

_____

_____

_____

How do I love thee? Let me count the ways. I love thee to the depth and breadth and height my soul can reach.

（Elizabeth Barrett Browning）

我是如何愛你呢？讓我細數愛你的方法。我愛你到我靈魂可及的深度、廣度及高度。

女詩人伊莉莎白可以說最懂得戀愛時靈魂是如何被撩撥了，因為後人捧讀她與亦是詩壇情人（稍後成為他先生）羅伯·布朗寧寫的多篇情詩，處處可見兩人「唯心」的痕跡：「你把我的靈魂推向你的靈魂之光，我不會將它輕忽為普通的亮光……」，「我的靈魂緊緊尾隨著妳，愛包圍著妳，我活著全為著妳。」顯然，他倆經由靈魂的相互貼近，深層感受到靈魂間愛撫的光與熱。

· ·

解構英文：

古字 thee（代名詞）是古字 thou 的受格，意思是「你」，另一個常用的古字 thy 為所有格，意思為「你的」。

depth, breadth, height：深度、廣度、高度。這三個
名詞的形容詞分別是：deep, broad, high。

It is ten feet *in breadth*.（它有十呎寬。）

也可寫成 It is ten feet *broad*.

．．．．．．．．．．．．．．．．．．．．．．．．．

Elizabeth B. Browning 伊莉莎白・布朗寧：見
151 頁。

_____

_____

_____

_____

_____

_____

_____

_____

_____

Love demands expression. It will not stay still, stay silent, be good, be modest, be seen and not heard, no. It will break out in tongues of praise, the high note that smashes the glass and spills the liquid. (Jeanette Winterson)

愛情需要表達。它不會靜止不動,不會無聲,不會好端端的,不會虛懷若谷,不會甘於只被看見卻無聲無息。不可能的。它會在滔滔讚譽的口舌下萌芽,就像那震碎玻璃,溢潑液體的超高音符一般。

在愛的領域裡,中國人那種受制於舊禮教束縛,崇尚含蓄的信仰,常令一對佳偶的愛情像是一壺歲月泡了又泡的茶,甘釀已蕩然無存,入口只是出自一份慣性,偶爾想略表愛意,卻因雙方關係僵化已久而無從溫存起,豈不悲哀!是以濃濃的愛意不僅要適時說出,更須一再強調,要知道這是唯一「說的人不煩,聽的人不膩」最滋潤人心的浪漫春藥。你聽,莎士比亞不是亦說:「人們不愛那些不展示他們愛意的人嗎?」(They do not love that do not show their love.)

解構英文：

　　still 當形容詞時意為「靜止的」，如：*stand still*（動也不動地站著）。

　　still life：靜物畫。

　　still waters run deep.：（諺）水流無聲的河川總是深的；靜水深底；沈默的人思慮較深。

　　當副詞則為「依然」之意：I am tired,（but）*still* I will work.：我很累了，（可是）我還是要做。

　　片語 *break out*（突然爆發）：an epidemic *break out*：一種流行疾病的突發。另又作「將久存的好食品拿出來享用」：to *break out* one's best wine（將一個人最好的酒拿出來享用）。

・・・・・・・・・・・・・・・・・・・・・・・・・・・・

Jeanette Winterson 珍奈特・文特森：生於英國曼徹斯特，從小家裡除了有關《聖經》等6本讀物外，便沒其他書了。靠著自修及在劇院及瘋人院打工考進牛津大學，16歲那年愛上另一位女孩而離家出走。牛津畢業後她致力於寫作，著述包括《橘子不是唯一的水果》（*Oranges Are Not The Only Fruit*）《藝術暨謊言》（*Art and Lies*）等。

I can't live either without you or with you.（Ovid）
沒有你或有你，我的日子都無法過啊。

戀人是偏執而又歇斯底里的。要不，怎可能這會兒沒有你，他的日子活不下去，而下一刻，卻可能因你的過於貼近而相互折磨得令他喘不過氣？

. . . .

解構英文：

　　either：兩者中任一：take either of the two

　　any：（三者以上）任一：take any of the three

　　neither＝not either：兩者中無一：He knows neither of the two girls.（He does not know either of the two girls.）

　　none＝not any：（三者以上）無一：He likes none of the three boys.（He does not like any of the three boys.）

　　作副詞用的 either（也，亦）僅用於否定句，且須置於句尾。

　　I like it, too.（我也喜歡它。）

　　I don't like it, either.（我也不喜歡它。）

　　either...or（neither...nor）後面的動詞該用單數還是

複數，完全看較接近動詞的那個名詞或代名詞是單數還是複數，比方：

Either the parents or the school *determines* the program.

Either the school or the parents *determine* the program.

（不是家長就是學校決定這項節目。）

Neither you nor she *is* wrong.

（你和她兩個都沒錯。）

. . . .

Ovid 奧維德（西元前 43 年 - 西元 18 年）：在他筆下，愛情的主題具有新的範圍和意義。其15 卷長詩《變形記》（*Metamorphoses*）達到史詩的顛峰，是神話與傳奇的集錦。然他因一本描寫引誘和私通術的書與當時的官方道德觀背道而馳，被統治者所流放。孤寂中他以寫詩表達個人的內省，並一再表白，對於詩，皇帝沒有權力裁決，但未獲回應。西元 17 年死於托彌。

We cannot really love anybody with whom we never laugh.
（Agnes Repplier）

我們不可能真正愛上一位無法逗我們歡笑的人。

Agnes Repplier 安格妮絲・雷普麗爾（1855-1950）：寫作生涯長達 65 年，初時以天主教為主要題材，稍後在《費城詢問報》開專欄，並創設費城大都會文藝俱樂部。耶魯、哥倫比亞及普林斯頓大學皆授予她榮譽文學博士。

You meet someone and you're sure you were lovers in a past life. After two weeks with her, you realize why you haven't kept in touch for the last two thousand years.

(Al Cleather)

你碰上某人，你確定你倆前世肯定是戀人。經兩周的相處，你終於明白為何你在過去 2000 年裡沒有與她聯絡了。

這句聽起來像笑話的感觸其實不正是我們中國人所說，相愛容易相處難也。在理想距離下談感情，雙方皆展示最美的一面，一旦同處屋簷下，被世俗柴米油鹽折騰下，原有的愛苗很可能就此被侵蝕淨盡！當然如果情愛夠堅實，醜陋的現實是絲毫無法被撼動的。猶記電影「心靈捕手」中飾心理醫師的羅賓·威廉斯，談起他懷念過世妻子的最美好部分，竟是她在被窩內放屁的一段，看到這裡，觀眾少有不為這分動人愛情落下眼淚的！

解構英文：

keep in touch：保持聯絡。

. . . .

Al Cleathen 艾爾·克里申：美國即席喜劇演員及格言家。

_____

_____

_____

_____

_____

_____

_____

_____

A bachelor gets tangled up with a lot of women in order to avoid getting tied up to one.（Helen Rowland）

一名單身漢之所以與很多女人牽扯不清，為的是能避免被一名女子拴住。

未婚的黃金單身漢是有條件周旋於眾多女子間的，他們常以不願就這樣被訂下來為理由到處尋芳，過著「恩愛一時間」「過後不思量」的日子，其實如此這般濫情，追根究柢是他尚未碰到真正的心上人。因為任誰都知道真情至愛是絕對的一對一，是一種純粹的「非你不可」，怎可能多線進行？可見海倫‧羅蘭這句話意在反諷。同樣的，類似「一名40歲的單身漢常無法找到與他一樣成熟的女子，難怪他得與比他小一半的女孩約會。」（A single man in his forties often has a problem finding women at his level of maturity. That's why he dates someone half his age.）等似是而非的說辭，不都是心無所屬的男人為自己花心好色所捏造出的藉口！

解構英文：

avoid 後面要用動名詞，所以 get 成為 getting。

片語 tie up to：被束縛住。

. . . .

Helen Rowland 海倫・羅蘭（1876-1950）：美國作家、記者及幽默作家。

_____

_____

_____

_____

_____

_____

_____

_____

You'd be surprised how much better looking a man gets when you know he's worth a hundred and fifty million dollars.
(Joan Rivers)

你會很詫異的發現：當男人擁有一億五千萬美元身價時，他看起來多麼的格外瀟灑。

女人在愛情市場上大抵還是靠姿色去角力，但男人就不同了，在現實的世界裡，他可以不必擁有潘安再世的容顏，只要他掌握權力或者金錢，其舉手投足之間散發出的魅力，常不容小覷，這或許是為何你常見年入古稀之年的富紳，依然能穿梭於妙齡女孩間怡然自得之故。這些鶴髮紅顏的景致不是活脫脫地印證了「選女人看美色，選男人看荷包」的說法嗎？

解構英文：

其實形容男子英俊有魅力，除了 handsome 外，charming 及 good looking 都是很好的字眼。

Joan Rivers 瓊‧雷佛絲：美國電視名流，以招牌的沙啞聲及饒舌的幽默崛起於美國脫口秀節目。曾在1983年到86年的「今晚秀」"Tonight Show"擔任主持人，現仍活躍於許多電視綜藝節目裡。

When a love relationship is at its height there is no room left for any interest in the environment: a pair of lovers is sufficient to themselves. （Sigmund Freud）

當情愛關係達到最高潮時，周遭環境瞬間對戀人失去任何吸引力，互相擁有彼此，對他倆而言，已綽綽有餘。

　　當兩顆相愛的心結合時，這個世界很難再賜予他倆什麼東西了。你聽，莎士比亞不是說過，當愛情發言時，就像是諸神的合唱，整個天界洋溢著仙樂飄飄的雀躍境界！20 世紀初最受歡迎的耶魯大學教授費爾普斯亦心有戚戚說，兩人相愛時的境地，比教堂內部更為神聖，這是何等絕美莊嚴啊！但這畢竟比不上中國人的「問世間情是何物，直教人生死相許」來得淒美。試想，如果情侶能用情用到生死相許的地步，紛擾的世俗世界真是與他倆沒多少瓜葛了。

解構英文：

片語 at its...：在最高峰，在高潮。

．．．．．．．．．．．．．．．．．．．．．．．．．．．．．．．．．

Sigmund Freud 佛洛伊德：奧地利精神分析學派創始人，有系統的闡述潛意識理論。佛洛伊德對自己的性生活相當坦白，坦承自己有亂倫、強暴、變態、同性戀與性誇大妄想等各種幻想。此乃因其妻婚後常懷孕且體弱多病，為了避孕，禁慾成為唯一法子，但就在這時，他與小姨明娜有了不倫之戀，這就是盛傳的「大師秘密愛情生活」的源起。

_____

_____

_____

_____

_____

_____

_____

The most wonderful of all things in life, I believe, is the discovery of another human being with whom one's relationship has a glowing depth, beauty, and joy as the years increase. This inner progressiveness of love between two human beings is a most marvelous thing, it cannot be found by looking for it or by passionately wishing for it. It is a sort of Divine accident. （Hugh Walpole）

我相信生活中最美好的事應是：找到一位關係能隨年齡增長而更顯熾熱深度、美麗及歡愉的人。兩人間內在愛意的增加，是一件奇妙的美事，它不可能因尋尋覓覓而獲得，也不可能因熱烈祈求而擁有。它是一種神聖的意外。

　　沃波爾描繪的生活中最美好境界，未必得經由婚姻獲致，相反的，久婚後平淡如開水的日子，常是澆息熾熱情感，扼殺所有幻麗想像空間的劊子手，是以有人推測沃波爾所述的美麗境界，反較可能存在於柏拉圖式戀情或紅粉知己中。說實在的，不論你是已婚或不婚或失婚，若真有過沃波爾所陳述的經驗，那真

是不枉此生了，只可惜這分相知相惜的靈犀，得看老
天爺垂憐，是上天給的禮物，無關乎個人的努力追求
與否呢。

Hugh Walpole 沃波爾（1884-1941）：英國小
說家，評論家和戲劇家。曾在劍橋大學求學，
後在聖公會教堂任教並代替牧師主持禮拜，不
久專心致力於創作和撰寫書評。著有《黑暗的
森林》（*The Dark Forest*）等。

談情說愛學英文

Intimacy requires courage because risk is inescapable. We cannot know at the outset how the relationships will affect us. (Rollo May)

營造親密關係需要勇氣，因為其間蘊含無可逃避的風險。我們無法一開始即知道這份關係會如何影響我們。

步入親密關係需要雙方相互承諾，這種幾乎難有迴轉空間的責任常令單身貴族遲疑，然弔詭的是，世上能耐得住恆久孤寂的人少得可憐，於是在生命的某個時段，皆會有找個伴攜手同行的衝動，但這樣的結合能否長長久久，恐怕是當事人難以逆料的。

解構英文：

at （from） the outset：在（自）最初。

Rollo May 羅樂‧玫（1909-1994）：是第一位獲哥倫比亞大學頒發臨床心理學博士學位的學者，亦是美國最富盛名的存在主義心理學者。

Tenderness is greater proof of love than the most passionate of vows. （Marlene Dietrich）

待人溫柔較熱情的誓言更能見證愛的真誠。

Marlene Dietrich 黛德麗（1904-）：德國女演員，她那飽經世故，倦於聲色的神情，使她成為最有魅力的電影明星之一。「藍天使」確立了她的影星地位，二次大戰曾為盟軍部隊義演500多場，1959年移民紐約。

The perfect relationship does not come from finding the "perfect person", but from finding a person perfect for you.
（Stephen and Ondrea Levine）

完美的關係不是來自於尋找到「完美的人」，而是尋找到一個適合你的人。

我一直以為，紅男綠女要找與自己最速配的對象，著眼的目標應不在找各方面條件看起來都一等一的「完美的人」，而是一位能與自己的個性契合或互補的，只要你覺得與某人相處時，渾身上下充盈著大大快樂之感，恨不得從此長相廝守，那就對了，哪怕此人從世俗眼光看起來，未必符合所謂「最有資格」的理想標準，只要兩人覺得合適妥貼，便是最佳拍檔。

Stephen and Ondrea Levine 史提芬暨翁德麗亞·李文夫婦：是國際上知名的演說家及作家，探討的主題以精神層面為主，兩人已累聚了三十多年為絕症病人及家屬諮商的可貴經驗。

If one really does try to find out why it is that people don't leave each other, one discovers a mystery. It is because they can't; they are bound.

And nobody on earth knows what are the bonds that bind him or her except those two. （Katherine Mansfield）

如果真想探索為何某些伴侶始終死守不離，你將發現一則奧秘答案：因為他們無法分手，他們已被牢牢捆住，而世上除了他倆，無人知道是什麼將他倆緊緊拴綁。

有時你會覺得某些伴侶是怎麼看也不登對，有的甚至三天一大吵五天一小吵，一路風雨飄搖的，但他們最後終能跌破眾人眼鏡的牽手走完一生。有謂接二連三出生的孩子是將伴侶穩穩固定住的功臣，但更有可能的是他倆間「一個願打一個願挨」的心態充分發酵的結果吧。

. . . .

Katherine Mansfield 曼斯菲爾德（1888-1923）：美國女作家，短篇小說大師。善於描繪內心的衝突，行文撲朔迷離，觀察洞燭幽微。

Give your hearts, but not into each other's keeping. And stand together yet not too near together: for the pillars of the temple stand apart, and the oak tree and the cypress grow not in each other's shadow.（Kahlil Gibran）

將你的心交出，但不是給彼此保管。站在一起，但別站得太近：從寺廟的柱子分開屹立，橡樹與檜樹不生長於彼此的影子下，即可知箇中道理。

情人經歷一段「你泥中有我，我泥中有你」的水乳交融後，最忌在完全走入對方的世界後，企圖主導對方生活，讓另一半感受強烈的窒息壓力，日久很可能成為情變的導火線。其實不僅男女關係若此，任何美好和諧的關係，都必須給予對方足夠的自由發展空間，才能自然長久。

Kahlil Gibran 紀伯倫（1883-1931）：黎巴嫩哲理散文家、神秘主義詩人、藝術家。他的阿語和英語作品受《聖經》及作家尼采等影響，具強烈浪漫主義觀點。作品有《淚與笑》（Tear and A Smile）、《折斷的翅膀》（Broken Wings）等。

It is better to know as little as possible of the defects of the person with whom you are to pass your life.（Jane Austen）
對預備與你共度一生的伴侶的缺點，知道愈少愈好。

解構英文：

　　be + to 不定詞：將會……（預定，義務，可能，命運。）

　　We *are to meet* at six.（我們預定六點集合。）

　　What *am* I *to do*?（我該怎麼辦？）

　　were + to 不定詞：假使……（實現可能性少的假定）。

　　If I *were to die*,...（假使我會死……。）

· ·

Jane Austen 珍·奧斯汀：英國第一位以描述平凡人物日常生活為樂事的女小說家。她的小說《傲慢與偏見》（*Pride and Prejudice*）、《艾瑪》（*Emma*）、《理性與感性》（*Sense and Sensibility*）反映了當時英國中產階級生活的喜劇，顯示了家庭文學的可能性。

A relationship isn't meant to be an insurance policy, a life preserver or a security blanket. （Diane Crowley）
情愛關係不應是一份保險單，一具生命維護器或一種安全網。

解構英文：

policy 常作「政策」解釋，但當與 policy of assurance 或 insurance policy 一起用時，policy 為「保險單」之意。

. . . .

Diane Crowley 黛安・克勞利：格言家。

_____

_____

_____

_____

_____

> **I**n real love you want the other person's good. In romantic love you want the other person. （Margaret Anderson）
> 在真愛裡，你樂見對方過得好，在浪漫的愛情裡，你渴望得到對方這個人。

這句話讓我想起劉若英的一首歌「我很愛很愛你」，歌頌的就是真愛中的「成全」情操。動人的歌詞大約是這樣的：

　　我想她是更適合你的女子，若我退回到好朋友的位置，你也就不再需要為難成這樣子。
　　很愛很愛你，所以願意捨得讓你往更多幸福的地方飛去，很愛很愛你，只有讓你擁有愛情我才安心，看著她走向你，那幅畫面多美麗，如果我會哭泣也是因為歡喜，地球上，兩個人能相遇不容易，作不成你的情人我仍感激。很愛很愛你，所以願意不牽絆你飛向幸福的地方去……

我想這樣的愛才是真愛，它無因、無求、無怨、無

悔。

. . . .

Margaret Anderson 瑪格莉特・安德森（1930-
1973）：書評、編輯、傳記作家。

_____

_____

_____

_____

_____

_____

_____

_____

_____

_____

_____

A long-term romance is like a rose bush.　In any given season, a blossom might fall off. But if the plant is well nourished, then the season will come around again, and new blossoms appear.（Marianne Williamson）

一段長期浪漫史就像玫瑰叢，任何時節嬌艷花朵皆可能墜落，但若花叢受到足夠滋潤，季節一到，花團錦簇之盛景勢將再現。

解構英文：

blossom 與 bloom 皆作「花」解，所不同的是前者的花謝掉了會結果實，但 bloom 的花就純屬觀賞之用。

in blossom：在開花中。

in full blossom：盛開。

come around = come round，除了例句中「季節又來到」的意思外，尚有「改變一己之意認同旁人」，「恢復神智」，「拜訪」等意思。如：please come around more often.（請常來拜訪）。

Marianne Williamson 瑪麗安·威廉森：美國純哲學大師，著有多本有關「個人成長」專書。她的演講場場轟動，據稱連伊莉莎白·泰勒，脫口秀主持人歐普拉·溫佛瑞等名流的生活都受她的思維影響甚鉅。

_____
_____
_____
_____
_____
_____
_____
_____
_____
_____

Women and Men

...兩性的差異

Men learn to love what they're attracted to, whereas women become more and more attracted to the person they love.（James Spader, "Sex, Lies, and Videotape"）

男人學著去愛那些吸引他們目光的人，而女人愈來愈被她們所愛的人吸引。

這句出自電影「性，謊言，錄影帶」的對白，恰是俗話「男人可以為性而愛，女人沒有愛則難以為性」的寫照。道盡男女朋友交往時，面對男人可以先有肌膚之親，回頭再來談感情，而女人必須先有愛意才願寬衣解帶的現實時，該如何拿捏情慾分寸的掙扎。

解構英文：

whereas：然而，反之，為連接詞的用法。

One arrived promptly, *whereas* the others hung back.

（一個很迅速地抵達，然而其他的人猶豫不前）。

James Spader 詹姆士・史斐德：與湯姆・克魯斯在1981年的 "Endless Love" 初出茅廬，繼而在「華爾街」、「性，謊言，錄影帶」皆有可圈可點的表現，特別是後者「性，謊言，錄影帶」於1989年為他在坎城影展贏得最佳男主角獎。

_____

_____

_____

_____

_____

_____

_____

_____

_____

_____

Men marry because they are tired, women marry because they are curious, and both are disappointed.

（George Sanders, "Picture of Dorian Gray"）

男人結婚是因為他們疲倦了，女人結婚是因為她們好奇，結果他們全都感到失望。

這句電影台詞讓我想起英國文豪蕭伯納所說的一句話：「不管你結不結婚，你都要後悔」，難道婚姻真是一個教人又愛又恨的制度？但基於它為構築社會安定之磐石──「家庭」的必備條件，想探討它是否合乎人性，恐怕只有擱置一旁哩。

．．．．．．．．．．．．．．．．．．．．．．．

George Sanders 喬治·桑德斯：1906年出生於俄國、及長就學於英國牛津大學的背景，讓他從1930年代到1970年代，遊走於英國、歐洲及美國的電影製片中，春風得意。他曾因"All About Eve"一片獲奧斯卡最佳男配角獎。

Women need a reason to have sex; men just need a place.
(Billy Crystal, "City Slickers")

女人需要一個理由進行性行為，男人只需要一個
地方。

Billy Crystal 比利・克利斯多：5歲就決定要走
表演路線，只是當時想的並非是歌藝生涯，而
是打得有模有樣的棒球或喜劇。長大後選擇喜
劇的原因是：「上帝讓我長得太矮了」。比較
有名的近作包括：「當哈利遇上莎莉」"Analyze
This"。

_____

_____

_____

_____

_____

_____

Women like to verbalize their feelings on relationships. It's difficult for a man to even admit he's in a relationship. （Robert G. Lee）

女人喜歡將戀情的感覺絮絮叨叨的表達出，但男人甚至很難承認他戀愛了。

其實何止感情事，女人內心的喜怒哀樂都比較容易拿出來與姐妹淘討論，但男人就不同了，不管是公事或私事上的壓力及不順，他們都習慣默默承受，這或許是臨床上男人染上憂鬱症的比率較高，女人平均壽命較長的部分原因吧。

Robert G. Lee 羅伯·李：波士頓大學 「美國手語語言研究計畫」的資深研究員。

Men and Women belong to different species and communication between them is a science still in its infancy.

（Bill Cosby）

男人與女人屬於不同的物種，兩者間的對話是一種仍處於嬰兒階段的科學。

電影「窈窕淑女」中那位調教賣花女伊萊莎（奧黛莉・赫本飾）搖身一變而為上流社會淑女的亨利・奚根斯教授（雷克・哈里森飾），就曾因參不透調教成功的伊萊莎為何還天天與他鬧脾氣而唱出：「為何女人不能多像男人一點？」（Why can't a woman be more like a man?）言下之意，頗有自古唯小人與婦女難養也之嘆！其實，男女本就有別，且差異極大，要不，美國一本《男人來自火星，女人來自金星》的書也不會銷售長紅好幾年呢。

解構英文：

infant：嬰兒，未滿七歲的孩童。

片語 in one's infancy：孩童期，初期。

Bill Cosby 比爾‧科斯比（1938- ）：美國第一
批電視劇演員，後來主演自己的電視節目「比
爾‧科斯比秀」，偶亦參加電影演出。但他後
來回校念書，以彌補年少輕狂時荒廢的學業，
果然先後榮獲麻州大學的教育學碩士及博士學
位。

Love comes to man through his senses, to woman through her imagination. (John Oliver Hobbes)

男人經由各種觸感啟發愛意，女人透過想像感受情愛。

John Oliver Hobbes 約翰‧霍布斯（1867-1906）：此乃珀兒‧克萊姬 Pearl Craigie 的筆名，她在 1891 年發表一篇諷刺性短篇小說時，首度啟用約翰‧霍布斯為筆名。父母為美國人，但出生於倫敦，後來嫁給英國紳士的珀兒‧克萊姬，一生著述雖不多，但劇本《大使先生》（*The Ambassador*）頗受時人重視。

Women are looking for Mr. Right. Men are looking for Miss Right Now. （Bruce Lansky）

女人睜大眼睛尋找「速配」先生，男人則忙著尋找「滿足此刻需要」的小姐。

這裡的 Mr. Right 指的是女人心目中可依附終生的「白馬王子」（Prince Charming），但男人只想找一位讓他享受短暫春宵，嘗嘗活神仙滋味的 「此刻小姐」（Miss Right Now）。這個句子乍聽起來，像是賣弄文字的遊戲，但從某個角度看，卻多少真切反映了男女對情感認知上的懸殊落差。

. . . .

Bruce Lansky 布魯斯・蘭斯基：美國詩的熱愛者，經常走訪各級學校教導並啟發孩子吟詩寫詩的樂趣。

Sometimes I wonder if men and women really suit each other. Perhaps they should live next door and just visit now and then. (Katharine Hepburn)

有時候我懷疑男人與女人是否真正彼此適合，或許他們應隔鄰而住，時常互相拜訪。

我想任何關係都需要合理的空間距離才能和諧，朝夕共處一屋簷下的男女若真能隔鄰而住，不僅能減少磨擦，且永遠看到對方最美的一面，未始不是理想的安排?!

· ·

解構英文：

片語 *now and then* 與 *now and again* 皆為「時常」之意。

· ·

Katharine Hepburn 凱撒琳‧赫本（1909-2003）：從事舞台劇和電影表演長達 50 年之久的美國著名演員。曾因「牽牛花」、「猜誰來吃晚餐」、「冬天的獅子」先後獲 3 次奧斯卡獎。

Man and woman are two locked caskets, of which each contains the key to the other. （Isak Dinesen）

男人與女人像是兩個上了鎖的首飾盒，其內各自含有一把開啟對方盒子的鑰匙。

Isak Dinesen 迪內森（1885-1962）：丹麥女作家，婚後往非洲去，在肯亞經營咖啡種植園直到1931年才返回丹麥。她將肯亞的生活記述在非小說體作品《非洲見聞》（*Out of Africa*）裡。她能用英文和丹麥文兩種文字寫作，一旦出版皆是兩種文本同時問世。作品有《草上的陰影》（*Shadows on the Grass*）、《冬天的故事》（*Winter's Tale*）。

The difference between man's love and woman's is she loves with all her heart and soul; he, with all his mind and body（Minna Thomas Antrim）

男人的愛與女人的愛不同於：她以一顆誠摯的真心及靈魂去愛，他則以他的知性及身軀去愛。

這種說法雖然令世上的女性感到怨懟，但很不幸的，它陳述的可能是事實。且看另一位專以譏諷男女關係從非對等，男人用情膚淺的美國幽默作家 Helen Rowland 所說的，當更能領悟男女對情認知的差異。Rowland 說：「男人經由眼睛墜入情網，女人則透過她的想像，但當他們談起這分情時，皆會以『心靈之戀』來描述。」這樣的說詞還算含蓄，但 Rowland 的另一句名言，可就老實不客氣地針對男人厭舊劣根性大加譏諷了。她說：「教男人最感沮喪的莫過於聽到女人允諾要愛他一輩子，實則他心裡只想她愛他幾周罷了。」

． ． ． ． ． ． ． ． ． ． ． ． ． ． ． ． ． ． ．

Minna Thomas Antrim 米娜・安翠姆：女格言家。

When a man is really in love he can't help looking like a sheep.（Agatha Christie）

當男人真正戀愛，他禁不住會看起來像一隻綿羊。

戀愛中的男人，時而可見矮化自己，匍匐於戀人面前的「奴性」舉措。即使是權傾一時的拿破崙，面對約瑟芬，登時顯得卑微渺小：「當我已臣服於那些全面襲來的深刻感情時……我的靈魂在妳的身體裡……對我而言，愛，就是愛妳……。」果然是溫馴得可以。再聽作家巴爾札克對心上人怎麼說的：「我親愛的伊娃，我的最愛，我的聖旨，我像一隻被拴於木樁上的羊般憂慮無助……。」看來，男人一旦真動情，潛意識裡竟有如此柔弱的一面哩。

解構英文：

片語 *can't help*：禁不住

I *could not help laughing.*（我不禁笑起來）。

Agatha Christie 阿葛莎・克莉絲蒂（1890-

1976）：英國女偵探家，小說家，劇作家。一次大戰當護士期間開始寫偵探小說，終其一生共有75部長篇小說列入暢銷榜。劇本《捕鼠器》（*Mousetrap*）在倫敦劇院上演達21年，共8862場，創下在一個劇院連續上演時間最長的世界紀錄。

Women want to find one man to satisfy their many needs, while men want many women to satisfy their one need.
（Anka Radakovich）

女人想要找一名男人滿足她們的許多需要，男人則要許多女人滿足他們的一項需要。

Anka Radakovich 安卡·雷德威克：常以性大師姿態在電視台上談論性話題，並在《花花公子》等雜誌開設探討性愛的專欄。

A Man can sleep around, no questions asked, but if a woman makes nineteen or twenty mistakes, she's a tramp. （Joan Rivers）

男人可以到處與人上床，無人質問他什麼，但如果女人犯了 19 或 20 次錯誤，她肯定是蕩婦。

除了少數如古希臘的亞馬森王國是母系社會外，世上大多數的文明都是男女不平等的，英文有句話 Women's virtue is man's greatest invention.（婦德這玩意是男人最了不起的發明），與中國古時女人被要求三從四德，真是中西相互輝映啊！當然，今人雖然不至於再相信我們老祖宗所謂「女人是禍水」，「唯女子與小人難養也」等極盡貶損女性的說法，但對拈花惹草的男士仍遠較紅杏出牆的女子寬容得多。

Joan Rivers 瓊·雷佛絲：美國電視節目資深脫口秀主持人。

Marriage

...婚姻

Marriage is like a cage: one sees the birds outside desperate to get in, and those inside equally desperate to get out.
（Michel De Montaigne）
婚姻就像一只鳥籠：你可以見到外面的鳥急於往內衝，裡頭的鳥卻以同等急切的心情欲往外飛。

我們聽過太多有關婚姻的負面評斷了，比方：「愛情盲目而唯美，婚姻是讓你看清楚對方缺點的眼科醫師」、「愛情令人沈醉，而婚姻是次日的宿醉」、「婚姻像是一棟必須每天重建的建築」、「婚禮是一場聞得到你自己花香的葬禮」、「婚姻的枷鎖可以沈重到壓迫一個人的靈魂」、「婚姻像一頓先上甜點的沈悶餐點」、「婚姻是一本男主角在序言中即已死去的浪漫小說」等，可謂罄竹難書，但還是有人要前仆後繼的走上地毯的另一端，這其間當然有幾分社會求同的壓力，但無可諱言的，在享盡逍遙滋味後，人終會對彼此歸屬的安定感產生強烈慾望，而「家」亙久以來即是穩固社會的磐石，因此甘願與另一半牽手走一生。難怪錢鍾書的小說《圍城》，以「裡面的人想出

來，外面的人想進去」來形容婚姻。

. . . .

Michel De Montaigne 蒙田（1533-1592）：法國思想家、作家、懷疑論研究者，不僅懷疑自己，亦懷疑人類。著有 3 冊《隨筆集》（*The Essays*）等。

Marriage can't work when one person is happy and the other person is miserable. Marriage is both people being equally miserable.

（Joe Mantegna 在電影 "Forget Paris" 中的一句對話）
婚姻裡要是只有一方快樂，另一方感到悽慘，這個婚姻是不被看好的，婚姻是兩人同樣悽慘。

這顯然又是以婚姻為奚落對象的句子，雷同的無奈或諷刺何只一籮筐，記得喜劇女星凱羅·巴奈特在電影 "Pete 'N' Telly" 中向老牌男諧星華特馬修所說的：「蜜月已結束，該是結婚的時候了。」乍聽之下似乎有點無厘頭，細細咀嚼或經生活驗證後，則不得不對該句影射婚姻內涵盡是苦澀的旁白，發出會心的微笑！比較露骨的男士，則索性感嘆道：「婚姻是讓衣服洗淨且整燙妥當的最昂貴方法。」言下之意，男人為免於衣食的乏人照應，從此揚棄生活上諸多自由，犧牲不可謂不大。但女人又如何呢？傳統上那種嫁漢嫁漢穿衣吃飯的觀念，固然讓女人擁有長期飯票，但誰保障她能享有琴瑟合鳴的喜悅？事實上，大

多數的婚姻裡，夫婦熱力全無，有的只是責任及憐憫，好一些的還吵吵鬧鬧過一生，最悲慘的是兩顆心從未真正交流過，孤寂的將一生耗盡，偏偏又無分手勇氣。這其間固然有感情上的不忍，尚有財產及社會形象的考慮，於是便只好為婚姻犧牲，過著表裡不一的生活。

• •

Joe Mantegna 周・蒙田格納（1947-）：因演出一部曾榮獲普立茲獎的話劇而受湯尼獎的肯定，其後亦曾在好萊塢或演或導好幾部戲，如「教父第三集」即有不錯的口碑。

Marriage is a lottery, but you can't tear up your ticket if you lose. （arquhar M. Knowles）

婚姻像樂透，不同的是，當你輸時無法將婚姻那張券撕掉罷了！

婚姻確實像賭注，彼此在交換誓言時，又怎知對方是與自己最速配的另一半！難怪常聽過來人拿美國政治家富蘭克林的至理名言：「婚前仔細張開雙眼，婚後最好是睜隻眼閉隻眼」來致贈新人，如此才有長長久久的希望，畢竟婚姻是一條沒有迴轉道的漫長路子，也是一種可能是先熱後冷的生活型態，能否執子之手，與子偕老，端看雙方犧牲及隱忍的功力如何了。

． ． ． ． ． ． ． ． ． ． ． ． ． ． ． ．

Farquhar M. Knowles 法夸‧諾里斯：格言家。

Marriage is a ceremony in which rings are put on the finger of the lady and through the nose of the gentleman.
（Herbert Spencer）
婚姻是一種將戒指套在女人手指及男人鼻子上的儀式。

　　不少人相信，婚姻是男人拿自己珍貴的自由作賭注的行為，從此他們就像奴隸般任由嬌妻擺佈。史賓塞的說法可能只說對一半，或至少只有在婚姻初期你情我願時有可能，一旦情愛隨年歲褪色，世上有多少丈夫願意再匍匐於妻子的石榴裙下，是個很大的問號；而妻子更因色衰愛弛後，經年處於擔心夫婿移情別戀的恐懼，何敢奢想丈夫像哈巴狗般的溫馴？話說回來，設若一名男人一個勁兒臣服於女人，久而久之，他勢必為她所棄，因為俗話說「男人不壞，女人不愛」，不是沒有幾分道理的。

. . . .

Herbert Spencer 史賓塞（1820-1903）：英國哲學家，早期的進化論者。他深信哲學是各專門學科基本原理的綜合，是用以代替中世紀神學體系的科學的總結。

Marriage is the consequence of a misunderstanding between you and another person. （Oscar Wilde）
婚姻是你與另一個人誤解下的後果。

記得以前讀到男女名流的愛情神話破碎的新聞時，他們在公開場合上最典型的說詞就是 「我倆因誤解而結合，因瞭解而分開」，有了這麼一句冠冕堂皇的理由，似乎旁人再追問什麼都顯多餘呢。

解構英文：

有關 consequence 常用的片語，如下：

take the consequences：甘受結果。

of consequence 有力的，重大的：a man *of consequence*（有力的人物）。

of no consequence：a matter *of no consequence*（無關緊要的事情）。

Oscar Wilde 王爾德：愛爾蘭最有名的劇作家，其作品如《不可兒戲》（ *The Importance of Be-*

ing Earnest）等迄今仍膾炙人口，可惜晚年受
同性戀醜聞所擾，終致貧病交加而死。

Courtship is to marriage, as a very witty prologue to a very dull play.（William Congreve）

求愛過程之於婚姻，有如一段逗趣序幕之於一齣極沈悶的戲劇一般。

沒人否認婚前的求愛階段，是人世間至高無上的幸福。同樣的，婚後的第一個月，盡是歡愉及溫柔，其喜悅程度不輸求愛，可惜，這兩個短暫過程都無法持久，就必須過渡到另一個階段。美國 19 世紀的幾本著名月刊《人生旅程小記》（*Little Journey*）《庸人》（*The Philistine*）等的創刊人艾爾伯特・哈伯德，就有這麼一句傳神到近乎悲哀的名言：「蜜月是結婚進行曲的終奏，是葬禮小曲的前奏。」 在在凸顯婚姻桎梏的教人無奈。

· ·

William Congreve 康格里夫（1670-1729）：擅長使用精采的喜劇對話，以譏諷的手法刻畫當時的英國上流社會，嘲笑當時那種矯揉造作的風氣。有名的劇本包括 《老光棍》（*The Old Bachelor*）、《以愛還愛》（*Love for Love*）等。

在眾多英國喜劇作家中，他的名氣是最接近莫
里哀的一位。

_____

_____

_____

_____

_____

_____

_____

_____

_____

_____

_____

In a happy marriage there is a continuous dense magnetic sense of communication. (Iris Murdoch)

快樂的婚姻，肯定有持續濃密且帶磁性感覺的溝通。

中國人喜宴上到處張貼的雙喜字，拆開來看，即為吉古吉古，有人便將它解釋為恩愛夫妻話說個不完之謂，可見婚姻要和諧，首重溝通，時下離婚率日高，有不少人歸咎於夫妻間的惜「話」如金，（據統計：夫妻一天的交談不超過 7 分鐘），不過，多溝通與叨絮是全然兩碼事，美國哲學界名人哈蘭‧米勒就曾說過，成功與平庸婚姻的差別在於前者的男女主角總試著在一天中刻意少說幾件事。看來該如何多作心靈的溝通，但又要免於陷入叨絮的缺憾，就看個人的智慧啦。

Iris Murdoch 艾蕊絲‧墨道克（1919-）：英國牛津大學及劍橋大學的哲學系教授，閒時寫作，小說《在網下》（*Under the Net*）、《逃避巫士》（*The Flight from the Enchanter*）極受文壇重視。

Sexiness wears thin after a while and beauty fades, but to be married to a man who makes you laugh every day, ah, now that's a real treat! （Joanne Woodward）
性感及美貌經一段時間勢將褪色，但嫁給一位能讓你每天開懷大笑的男士，啊，那將是多麼真實的酬賞！

男女魅力所繫，初時也許是財富地位及美貌性感，但這些形之於外的本錢，終會因時間等客觀因素起變化，特別是美貌姿色，最經不起時日摧殘的改變，且夫妻長期對望，日久常因流於習慣而不再覺其美，唯獨討喜的幽默感能雋永長存，教人覺得日新又新。婚姻中不論哪一方擁有這分資產，生活的樂趣必不缺席。可惜中國家庭的氣氛，在夫妻相敬如賓的傳統教誨下，常失之過於嚴肅認真，少了逗趣活潑，誠屬美中不足也。

解構英文：

wear 這個字有很多意思，如：

1. 戴著，穿著。事實上 wear 乃表示「穿著」的狀

態，表示「穿」「戴」的動作時用 put on。

2. 蓄著（長髮）：wear one's hair long

3. 某種表情表現在臉上：wear a smile

4. 磨損，陳舊：the metal is wearing

此外，常用的片語有：

wear out：使耗盡，使筋疲力竭：*wear out* person welcome.（因訪問次數太多使人覺得討厭）。

wear well 經用：*wear* one's years *well*.（人比年齡顯得年輕）。

wear and tear：消耗磨損。

treat 有「對待」，及「款待」兩個解釋：

My husband *treats* me well.（我的丈夫待我不錯。）

I will *treat* you *to* ice cream.（我請你吃冰淇淋。）

She *treated herself to* a new mink coat.（她破費買了一件貂皮大衣。）

在以下例句裡，treat 當名詞，指的是「樂事」或「酬賞」：西洋人慶祝萬聖節時，小孩登門索取糖果時，口中嚷的便是 *Treat or trick*!（給糖〔酬賞〕還是要我們給你來個惡作劇）。

Joanne Woodward 瓊安‧伍德華德（1930-）：
美國電影明星保羅‧紐曼的妻子，曾因 1957 年
的「夏娃的三張臉」獲得奧斯卡最佳女星獎。
她與保羅伉儷情深，是好萊塢少數幾對婚姻美滿
的銀色拍檔之一。

Marriage is like twirling a baton, turning a hand-spring or eating with chopsticks; it looks so easy until you try it.
（Helen Rowland）

婚姻就像是轉動一根指揮棒、翻個觔斗，或用筷子吃飯，它看起來如此容易，直到你親自嘗試才知不是這麼回事。

有道是結婚是一時，生活是一世，兩個來自不同背景的人，因婚姻而結合，這其間的個性及思維上的差異，常將生活磨擦得傷痕累累的，這時只好彼此相忍為家，練習尊重或甚至欣賞對方的差異，才能將彼此原有的稜稜角角磨合而終致圓潤，不過這一切還植基於彼此心中存有愛意，畢竟婚姻的威而鋼就是心中的愛。

Helen Rowland 海倫‧羅蘭：格言家。

There's only one way to make a happy marriage, and most husbands and wives would like to know what it is. (anonymous)

只有一種方法能使婚姻幸福，大多數的丈夫及妻子都很想知道那是什麼。 （無名氏）

這種說法有點像一句論述「真愛」的話：「真愛有點像蘇格蘭的湖怪，大家都聽說了，但沒有人真見過。」兩句異曲同工的陳述無非在強調，經營恆久真愛與經營幸福婚姻的高難度。這或許亦解釋自古以來凡恩愛不渝的美事，每每在人間傳誦不已，或欽羨或見賢思齊，總教人心嚮往之。比方，維多利亞時代的一對詩人伯朗寧夫婦的愛情故事便是典型。當伯朗寧愛上才女伊莉莎白時，她已近不惑之齡，且癱瘓在床，但兩人仍決定私奔義大利結婚。16年美滿婚姻譜上句點後，雖然當時布朗寧已名揚大西洋兩岸，慕名而來的仕女不知凡幾，但就沒有一顆詩心能再開啟羅伯為亡妻緊閉的心扉，他獨身度完餘生20多年，這份生死相許的情懷恐怕就是成就幸福婚姻的最高境界

了。然這樣純情的故事畢竟不多，凡夫俗子在平靜無波的日子裡，不妨提醒自己；人海茫茫，能有緣和另一半共居一室，共擁一對兒女，共點一盞燈，共沐一朝陽，豈非前世修來之福，尤應勉力珍惜啊！

_____

_____

_____

_____

_____

_____

_____

_____

_____

Marriage resembles a pair of shears, so joined that they can't be separated; often moving in opposite direction, yet always punishing anyone who comes between them.（Sydney Smith）
婚姻就像一把大剪刀，雖然兩片刀刃常反方向移動，卻緊密結合得無法分離，且常會對闖入其間的第三者予以嚴懲。

處於人際關係複雜的社會裡，夫妻間未必是水火不容才會發生外遇，只不過是生活裡就是有太多莫名其妙的引誘，除非當事人明白設限，否則另一半只好隨時應變。然而提防外人入侵的同時，花心思「安內」尤為重要。常聽有人不以為然憤恨的斷稱：「某某人真腥啊，搶了別人的老公。」其實老公又非物品，怎可能被搶？老公之所以移情別戀，十之八九是妻子長時間的冷落，生活淡而無味，偏偏另一個溫柔鄉就在不遠，天天在花花世界翻滾的男人，想試試寶刀是否未老的意念在心裡澎湃起來，稍把持不住，便跨越雷池，頃刻間，外遇的個案就這樣成立了。從理論上推斷，史密斯所言，闖入兩人世界的第三者會受到嚴厲

攻擊，但現實生活中，失婚的那位才是蒙受錐心扯肺之痛者。在此奉勸各位，一旦發現感情已走到食之無味，棄之可惜的境地，半路又殺出第三者，經誠懇溝通若能挽回固好，否則選擇放手退出，讓第三者的優勢自然消失，或許還能多留幾分瀟灑給自己呢。

．．．．．．．．．．．．．．

解構英文：

resemble：類似，相似（動詞）。

resemblance：（名詞）亦作類似及酷肖解，如：

He has a strong *resemblance to* his father.

（他酷肖其父）。

shears（大剪刀）；chopsticks（筷子）；shoes（鞋子）；stockings（長襪）；trousers（褲子）；spectacles（眼鏡）；等這類字皆使用複數形式，除了後面的動詞要為複數外，它們常以 pair（雙）來表示數量，如：I want a pair of glasses.

I want two pair(s) of shoes.

．．．．．．．．．．．．．．

Sydney Smith 席德尼·史密斯：格言家。

Nearly all marriages are mistakes; in the sense that almost certainly both partners might have found more suitable mates. But the real soul mate is the one you are actually married to. （J.R.R. Tolkein）

幾乎所有婚姻都是錯誤，這係從雙方都幾乎能找到更合適對象所推斷出的結論。但真正的靈魂伴侶才是你內心的實際歸屬。

托爾金的這句話讓我聯想起另一句對婚姻批判更嚴厲的文字：婚姻將人類所有美好高尚的關係全給破壞殆盡了。的確，若能撇開世俗道德的審判，且採匿名方式表態，恐怕有半數以上的已婚者要坦承婚姻的桎梏讓他們活得死氣沈沈，抱怨另一半與他們原本憧憬的形象差距太大，內心深處不免懷念起當年無緣結成連理的情人，幻想著身旁的枕邊人若能換成伊人，豈不美好？誠然，人生除了有肌膚之親的伴侶外，若亦能有幾位發乎情止乎禮的靈魂伴侶，不啻是一大福氣。倘不可得，不妨退而其求次的試著容忍人世的凡俗，接受芸芸眾生只是吃飯工作，延續生命的這個事

實，學著在微小事物上尋找樂趣，盡情去體會自然界的曼妙；一杯好茶，一支好曲，藍天白雲，春花秋月，多教人感動啊！一旦你擁有將生命與大自然化為一體的能耐時，排解世俗不圓滿的力量勢必相對增強。

. . . .

解構英文：

sense：感覺，意味，意義：

He has no *sense* of humor.（他無幽默感）。

in the sense：在某種意義上。

in the strict sense：嚴格地講。

man of sense：有常識的人。

make sense of：明白……的意義：I can't *make sense of* this passage.（我不懂這一段的意義）。

use the word *in a good*（bad）*sense.*（取其字的好〔壞〕意義而用之）。

sense：作「理智」，「本性」解時要用複數型，如：

bring（a person）*to his senses*（使恢復其本性，

使覺醒）。

．．．．．．．．．．．．．．．．．．．．．．．．．．．．

J.R.R. Tolkein 托爾金（1892-1973）：英國文
學界泰斗，所著《魔戒》（*Lord of the Rings*）
被英國人視為 20 世紀最了不起的讀物。

Marriage is an alliance entered into by a man who can't sleep with the window shut, and a woman who can't sleep with the window open. （George Bernard Shaw）
婚姻是由一位關了窗就無法入睡的男人，與開了窗就無法入眠的女人的一種結盟。

放眼看去，世間有多少拍檔的組合是多麼不可思議：丈夫愛靜，愛貝多芬，性子溫吞；而太太愛鬧，愛饒舌樂，性子躁進，然因著塵緣，兩人就這樣糊裡糊塗的攜手一生，旁觀者大嘆沒道理，但感情與婚姻這檔事本就無法細說分明，即便是搬出百科全書也解釋不清哩。

. . . .

解構英文

enter into 在此例句中的意思為「締結」（關係，協約）等，另外它尚有「調查」，「考慮」，及「體察」之意，如：

We will *enter into* the question of inherited characteristics at a future time. （我們會在未來對遺傳性質的問題作

調查）。

enter into a person's feelings：體察人情。

. . . .

George Bernard Shaw 蕭伯納（1856-1950）：
十七世紀以來英國最出色的劇作家、演說家及
論文作家，他不拘小節，無所畏葸，充滿道德
熱情，始終以機智和幽默贏得時人的注目。重
要作品包括《凱撒和克莉奧佩特拉》、《巴巴
拉少校》、《人與超人》等。

In every marriage there are the elements of success, and in every one the makings of a perfectly justifiable divorce.
（Kathleen Norris）

每個婚姻裡都有成功的要素，但在每個婚姻裡也蘊藏著一個完全合理的離婚原因。

　　如果你羅列一份夫妻為何結婚的理由及另一份離婚的理由清單，你會發現其中有許多重疊。而我們在識與不識的人中亦可看到，原本感情堅實亮麗的夫婦，曾幾何時竟淪為陌路，細問其原因，當年被視為優點的忠厚老實，如今在心移境轉的作用下，反倒成了令人備覺溫吞無用的致命傷，當年她活潑外向，如今則成為安分持家的障礙……。足見再熾烈的激情，在歲月及環境因素的交相侵蝕下，最終能留下多少殘存的感情，只有當事人心裡明白。

・・・・・・・・・・・・・・・・・・・・・・・・・・・

解構英文

　　element：（化學）元素，成分。

　　四行（地、水、火、風）之一：*the four elements*

複數型態時表示「自然力」，（暴）風雨：exposed to the *elements*（暴露風雨中）。

a war of the *elements*：暴風雨

（生物的）固有環境，活動領域，（人的）本領，天性：*in one's element*（本行內，得其所哉）。

out of one's element：不得其所，不擅長的。

· ·

Kathleen Norris 凱撒琳・諾里斯：美國作家及格言家。

_____

_____

_____

_____

_____

_____

The sum which two married people owe to one another defies calculation. It is an infinite debt, which can only be discharged through all eternity.

（Johann Wolfgang Von Goethe）

夫妻間彼此虧欠多少是無法估量的。它是一種無限的債，只有用一生一世才有辦法償還。（換言之，這輩子永遠償不完矣！）

解構英文：

defy：挑，激：I *defy* you to do that.（你能，你就做做看）。

defy 亦作蔑視，抗拒，不讓（解決，競爭）等，如：*defy* description：難以形容。*defy* calculation：難以估算。

discharge 通常指的是：

（1）軍人退役，病人出院，如：*discharge* a patient *from* hospital。

（2）卸貨：*discharge* a ship（卸船上的貨）。

（3）債務消減：be *discharged from* further payment

of taxes （免繳以後的稅）。

片語 through all eternity：永遠。

the eternities：永遠的真理。

eternity ring：周圍鑲進寶石的戒指。

‧‧‧‧‧‧‧‧‧‧‧‧‧‧‧‧‧‧‧‧‧‧‧‧‧‧‧

Johann Wolfgang Von Goethe 歌德：見50頁。

_____

_____

_____

_____

_____

_____

_____

_____

There's nothing wrong with marriage; it's just the living together afterward that's murder.（Sam Levenson）

婚姻制度本身沒什麼錯，是婚後的同居教人難以消受啊！

保持一定的距離，是使彼此的美感長留對方心田的最佳招數，難怪有人曾說夫妻應緊鄰而居，有點黏而不要太黏，但這樣的生活型態似乎無法見容於當今之婚姻法，該法明白昭示：夫妻有同居之義務。既然大部分人沒有勇氣標新立異，何不試著就已有的型態去營造正向氣氛，而第一步就是學著自省，勿成天抱怨所嫁（娶）非人，批判對方的不適性，若能經常逆向思考，自己是否已扮好適切角色，良好的同居環境不難形成。

解構英文：

murder：凶殺，極危險的事。

first degree murder：第一級謀殺

get away with murder：作惡而逃避應受的懲罰。

但亦有弄壞，糟蹋，（哼唱得）荒腔走板之意，如：*murder* the play（把戲演壞），及此例句中將婚姻關係弄僵等皆是此意。

· ·

Sam Levenson 山姆‧李文森：格言家。

_____

_____

_____

_____

_____

_____

_____

_____

Marriage is too interesting an experiment to be tried only once or twice. （Eva Gabor）

婚姻是如此有趣的一種實驗，以至於不能只嘗試一次或兩次。

解構英文：

片語 too...to：太……以至於不能……。

Eva Gabor 伊娃·嘉寶（1920-1995）：原籍匈牙利，早期曾在酒店駐唱，二次大戰期間移民美國，在影城大放異采。與姐姐莎莎·嘉寶一樣，皆有多次婚姻紀錄，再加上她戲裡戲外的生活皆精彩無比，故而吸引了不少媒體的關注。

A Lover may be a shadowy creature, but husbands are made of flesh and blood. （Amy Levy）

戀人可能是一個虛幻的人，但丈夫是有血有肉之軀。

戀人可以不食人間煙火，可以逍遙而不負責任，可以口惠而實不至……，當一名虛無縹緲的戀人，確實比當一名扛起生活重擔的丈夫容易得多。遠的不說，單單以說俏皮話討佳人歡心為例，被現實生活磨得不再浪漫的丈夫，還得勉力每天保持風趣，而戀人卻只須在見面的時間，偶爾來幾句不著邊際的甜言蜜語，相較之下，真是難為了丈夫。因此，奉勸天下體貼的妻子，勿過度奢望另一半能永遠羅曼蒂克一如往昔，因為這無異強人所難也。

. . . .

Amy Levy 艾咪‧李維（1861-1889）：畢業於劍橋大學後，以寫詩及小說為業，很快就建立起她自己的文名。後來因寫了一本影射倫敦猶太人之貪婪醜陋的小說，聲名受到重創，沮喪之餘，決定吸食一氧化碳自殺，得年僅 27。

Chains do not hold a marriage together. It is threads, hundreds of tiny threads, which sew people together through the years. That's what makes a marriage last more than passion or sex.（Simone Signoret）

鎖鍊無法維持婚姻於不墜，是經年累月的數百條細線將夫妻緊密縫合，而這也是婚姻較激情或性持久的關鍵。

婚姻生活百味雜陳，令人亢奮的高潮固然不少，但更多是教人沮喪的低潮，然而這些一路走來的高低起伏，恰是構築生動婚姻的元素，亦是夫妻相互牽絆終而無法輕言離異的點點滴滴。

. . . .

解構英文：

　　sew：縫，它的動詞三態是 sew, sewed, sewn。這個字很容易與下面這些字混淆：

　　see：看，它的動詞三態是 see, saw, seen。

　　saw：鋸，它的動詞三態是 saw, sawed, sawn。

. . . .

Simone Signoret 西蒙・席可諾蕾特（1921-

1985）：二次大戰後開始在法國及英國影片嶄露頭角。 1959 年，她終於憑藉她的才智及性感，以 "Room At the Top" 這一齣戲獲得奧斯卡獎。

_____

_____

_____

_____

_____

_____

_____

_____

_____

_____

Marriage should be a duet — when one sings, the other claps.（Joe Murray）

婚姻應該像二重奏，一人唱，另一人拍手應和。

Joe Murray 周・墨瑞：美國內布拉斯加州的記者暨作家。

_____

_____

_____

_____

_____

_____

_____

_____

Marriage 婚姻..267

No human being can destroy the structure of a marriage except the two who made it. It is the one human edifice that is impregnable except from within.（Gwen Bristow）

除了建構婚姻的兩造外，無人能摧毀他倆的婚姻，它是一棟只有從內部否則無法攻克的人性建築。

Gwen Bristow 關‧布麗絲多（1903-1980）：畢業於哥大普立茲新聞學院後，筆耕甚勤，成為 1930 年代暢銷小說家，不少作品被拍成電影，且被搶譯成十幾種語言。

Marriage is like paying an endless visit in your worst clothes

（J.B. Priestley）

婚姻就像穿上你最難看的衣服從事一項永無止境的拜訪。

J.B. Priestley 普里斯特利：劍橋畢業的英國小說家、劇作家及散文家。他的作品慣於顛倒過去，現在和將來的時間順序，以激起人們心理上一種「似曾相識」的感覺。作品有《好夥伴》（*The Good Companions*）、《特殊的歡愉》（*Particular Pleasure*）等。

By all means marry. If you get a good wife, you'll be happy.
If you get a bad one, you'll become a philosopher... and that
is a good thing for any man. （Socrates）

放心大膽的結婚吧。如果你娶得賢妻，你會很開
心。如果你娶得惡妻，你將成為哲學家……，而這
對任何男人而言皆是件好事。

解構英文：

　　片語 by all（manner of）means：（回答時用，有
加強語氣）當然：Go! *by all means.* 當然去啊！

by no means：決不。

by any means：無論如何，總而言之。

means of living：生活之道。

means test：失業救濟金申請者的家計調查。

within one's means：在能力以內。

· ·

Socrates 蘇格拉底：古希臘大哲人，與他的學
生柏拉圖、亞里斯多德一起立下西方文化的哲學
基礎。大師自己並無著述，後人只有經由他與學
生柏拉圖的對話中探得大師的深奧思維。

My wife and I tried to breakfast together, but we had to stop or our marriage would have been wrecked.

（Winston Churchill）

我的妻子與我試著每天共用早餐，但我們必須停止這一項作息，否則我們的婚姻很可能會觸礁。

邱吉爾與愛妻克莉蒙婷邂逅於 1904 年的倫敦舞會上，4 年後他倆又有機緣見面，不到 5 個月兩人就決定結婚。在他倆長達 57 年的婚姻生活裡，邱吉爾經常因公事不能與克莉蒙婷長相陪伴，然而世人可從他倆稍後流傳於坊間的書信中，讀出一段堅如磐石的愛情。但即便愛情未全然降溫，由邱吉爾發自內心的肺腑之言來看，夫妻聚首同一屋簷下，彼此仍應給予對方適度的獨處空間，才能維繫婚姻於不墜。

. . . .

Winston Churchill 邱吉爾（1874-1965）：英國首相，成功的帶領英國人走過二次大戰。他自己曾形容該二次大戰艱困期是他個人「走過命運」的可貴經驗。

Many a man owes his success to his first wife and his second wife to his success. （Jim Backus）

許多男人的事業成功歸功於他的第一任妻子，而他能娶得第二任妻子則歸功於他的成功。

很不幸，這句帶濃厚諷刺味的話十分寫實，道盡天下男子一旦輝煌，便有沾沾自喜大享齊人之福的傾向。自古以來，有本事的男人多納妻妾似是天經地義之事，即便是到了民國初期，這種觀念都未能根除，要不然也不會有像辜鴻銘這種人提出多個茶杯配一茶壺的觀念，而陸小曼要向徐志摩說：「你是我的牙刷」的論調了。直到今天，不論中西社會，「擁抱新人，遺棄故人」的戲碼仍每天上演呢。

. . . .

解構英文：

　　many a：許多的。接單數動詞。

　　Many a man has tried. （＝Many men have tried.）

　　（很多人試過了。）

Jim Backus 吉姆‧貝克斯（1913-1989）：一
生遊走於美國電視、電影、廣播及舞台界，亦曾
為多部卡通片配音。

After marriage, husband and wife become two sides of a coin; they just can't face each other, but still they stay together. (Hemant Joshi)

婚後，丈夫及妻子就像銅板的兩面，無法面對彼此，但卻仍死守一起。

Hemant Joshi 赫曼等‧傑許：印度籍作家，目前為亞利桑那大學的研究生，平日愛舞文弄墨及繪畫。

談情說愛學英文

The Myth of Sex

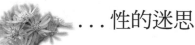...性的迷思

Everyone lies about sex, more or less, to himself or herself, if not to others, exaggerating its importance or minimizing its pull. （Daphne Merkin）

每個人多少對「性」都撒點謊，如果不是對別人，就對他們自己。不是誇大它的重要性，就是貶低它的吸引力。

古人說：「飲食男女，人之大欲」。有趣的是，今日「性」的最大迷思是每個人所談論的都是「別人的性」：舉凡醫師、心理學家、婚姻協談者、小說家、問卷調查者發表的資訊，及一般人酒足飯飽之餘，眉飛色舞談論的，亦盡是別人的性行為及性觀念，若硬逼他們現身說法，獲得的反應必是「此乃私事，不足為外人道也」，要不就是支吾其辭，隱瞞真相。即便是 1948 年轟動一時的金賽性報告（耗時 15 年，訪談 1 萬 7 千名美國白人男女而完成的調查），都發現這些來自當事者「口頭敘述」或「匿名作答」中，有不少與事實不符的答案。比方，夫妻兩人個別針對「妳和配偶一周做愛幾次」的簡單問題，答案皆無法一

致，顯示其中必有一人說謊，甚至兩人皆未吐實。

· ·

解構英文：

片語 more or less：多少，有幾分，大致。

· ·

Daphne Merkin 黛芬·墨金：美國率先大膽討論女性性生活的作家。她在她主持的網站上甚至針對「飲喝經血，陰道分泌物，尿」的經驗發表看法，足見作風之前衛。

Sex should be a deepening of communication, not a substitute for it.（Marianne Williamson）

性應該是一種更深層的溝通，而不是溝通的替代物。

一回在美國見到一部車的後窗上貼了一句「對我來說愛必須很深，但性只須要幾英寸而已。」（For me love has to go very deep. Sex only has to go a few inches.）的標語，我猜車主的用意在博君一粲，因為美好的情愛關係應是心靈與肉體緊密結合的，如果有一方覺得裸露自己的肉體比裸露自己的心靈要來得容易而吝於付出感情，勢必使性流於一種無啥意義的機械性動作。當然性與愛應結合，並不指愛必須以性做為句點。換言之，戀人在擁抱、接吻、愛撫之後，未必需要繼之以幾分鐘抽搐般的做愛才算大功告成；相反的，在愛撫之後，若雙方能以此為基礎作親密交談，那分親切感遠比肌膚之親更受用呢。

解構英文：

substitute for：代替，取代。

substitute margarine *for* butter：拿人造奶油代替奶油使用。

. . . .

Marianne Williamson 瑪麗安‧威廉森：著名的「個人成長學」大師，她的演講一向座無虛席，據說連影星伊莉莎白‧泰勒，電視脫口秀主持人歐普拉在內等名流的生活哲學，都深受她講學的影響而有重大改變。

_____

_____

_____

_____

_____

_____

Sex without love is an empty experience. But as empty experiences go, it's one of the best. （Woody Allen）

沒有愛情的性是一種虛空的經驗。但若僅以虛空經驗來論，性還是最好中的一種。

約莫 1960 年代歐美吹起性革命或性解放風，性已不再被視為禁忌。記得當時有一合唱團高歌「做愛做到一點都不剩」，學校公開向學生解釋何謂性高潮，並告訴他們說，性的快樂就像打噴嚏，或好比身體某處癢得要命，抓一抓，藉以止癢，一些與性有關的觀念如「陰蒂高潮」、「G 點」更是甚囂塵上！問題是，性解放後人們對性有較深刻的體驗嗎？在開放婚姻的美妙理論鼓舞下，夫妻的感情又如何？下面一組對照數字或許能看出端倪：在性革命之初，只有 17％ 的男性及 29％ 的女性認為「沒有愛的性是不快樂或無法接受的」；但到了 1983 年，此比率已分別增加為 29％ 及 44％，且當夫妻被詢以「你想從伴侶關係中獲得什麼？」時，愛占了 53％，而性只佔 1％。造成這一轉變的道理很簡單：性對象增加，性經驗多樣化後，伴隨

而來的情感亦複雜化，它將不再只是幾分鐘的快感，
而是帶出更多的憤怒、失落、罪惡感、懷疑、失望、
被出賣感及輕視等負面情緒。

Woody Allen 伍迪・艾倫（1935-）：美國作家、
電影導演、編劇、演員。他的風格標記為：喜劇
中寓有反諷哲理，時代大事和生活瑣事紛然雜
陳。最受歡迎的電影「安妮霍爾」和「曼哈頓」
皆為有關當代紐約人與人之間關係的半自傳性故
事。由於他具深厚同情心，並成功塑造受迫害者
的藝術形象，有「當代卓別林」之美名。

The difference between sex and love is that sex relieves tension and love causes it. （Woody Allen）

性與愛不同之處是性紓解緊張，愛引發緊張。

男女兩人在一番顛鸞倒鳳的激情雲雨後，情慾徹底迸射，兩人的身體及心靈全然獲得百分之百的釋放，那分飄然及滿足自是不足為外人道也。但愛情引發的美好感覺何其多，為何獨獨凸顯戀人那種將彼此小心翼翼互捧於手掌心，生怕太鬆逃逸、太緊捏碎的緊張？想是幽默大師艾倫閒來無事，漫不經心玩弄文字遊戲的結果吧！

· ·

解構英文：

relieve：（動詞）減少，緩和。

relieve one's feeling：（大嚷以）發洩苦悶。

relief：（名詞）解除痛苦，慰藉。

It is a *relief* to come across one's acquaintance in a foreign country. （在國外遇見熟人很令人快慰。）

relief 亦作「救濟」解：*on relief*：失業時接受政

府的救濟。

Woody Allen 伍迪·艾倫:同 282 頁。

Human thirsts are satisfied from time to time, but the thirst of the human skin is never satisfied so long as it lives. (Joyce Carol Oates)

人類的各種渴望或獲得滿足，但對人類肌膚的飢渴，只要活著一天，就永遠不會覺得滿足。

造物主賦予人類各種本能，其中就屬性，最讓人心醉，也最為神秘。長久以來，人類從事性行為已不再是單純的履行繁衍後代的功能，它更是為了追求肉體及精神的歡愉。只是在維繫文明的大帷幕下，人類必須將性隱私化，且得在相當程度上壓抑這種本能。影響所及，大多數人在大多數時候只能在心坎上秘密「耕耘」這種慾望。但即便有長期倫理道德的薰陶及約束，人對異性愛撫恆久渴求的生物本能，並未絲毫消褪，反而愈壓愈熾，這可從坊間的性藝術、性文學、性科學、性教育及有關性行為的各種匿名調查，是如此方興未艾，窺得一二也。

解構英文：

片語 so long as（= as long as）：只要。

. . . .

Joyce Carol Oates 裘伊絲．歐慈：多產作家、劇作家及詩人，她從不畏懼探測人性心理的深層黑暗面。

Sex is an emotion in motion. （Mae West）
性是一種帶有動作的感情。

這是我讀過對性最簡潔，最不轉彎抹角的敘述。其實倒也俐落坦白，多少亦反映今日洋人的情愛心態，要不，像美國當紅電視劇「慾望城市」（Sex in the City），就不會一季拍過一季還欲罷不能。想來還是中國人含蓄典雅，即便是洞房花燭夜，春情蕩漾，秦少游在房門外挨凍了大半夜，進入洞房急不可待，尚且對蘇小妹暗示：「含笑吹燈雙得意」，小妹這才含情脈脈道：「藏羞解帶兩知情」，於是雙雙擁入牙床辦事。

. . . .

Mae West 梅伊‧韋斯特：見 142 頁。

Nobody dies from lack of sex. It's lack of love we die from.
（Margaret Atwood）
沒有人因缺乏性而死，我們會因缺乏愛而死。

美國一位很有名的性治療師海倫‧卡普蘭曾說，她完全不同意所謂「男人需要較多性伴侶」的論調，事實上根據她臨床的觀察，男人會拈花惹草，往往係因他心無所屬；一旦他心有所愛，找到能符合他性幻想的女人，他是不需要也不想要多換幾個性伴侶的。特別是一些年輕時曾勤於尋花問柳者，過久了那種「來無情去無掛」的有肉無靈生活，到頭來內心空虛得如同行屍走肉。是以有人曾將性與愛作了以下的妙喻：性和愛就像是茶和牛奶，可以摻合著喝飲，也可單一享用，堪稱各有其特質，但唯有當二者合一，才能造就最美妙的飲料。

解構英文：

die：死（*by* a weapon; *from* a wound; *of* an illness/ hunger）。

dying：垂死的；但在口語中，則解釋為渴望……，非常想做……：dying for/dying to do。

He is *dying for* a smoke.（他渴望吸口菸。）

He is *dying to* go abroad.（他急著要出國。）

. . . .

Margaret Atwood 瑪格莉特‧阿特伍德 （1938-
）：加拿大女詩人、小說家。不滿美國在北美
洲的支配地位，主張維護加拿大的文化傳統。
不滿男子在社會上的主流地位，主張維護女
權。曾出版詩集《圓圈遊戲》(*The Circle Game*)
等。

_____

_____

_____

_____

_____

_____

The Myth of Sex 性的迷思..*289*

Love is music, and sex is only the instrument.

（Isabel Allende）

愛情是音樂，性只不過是樂器罷了。

Isabel Allende 伊莎貝爾・亞蘭黛：智利出生，曾在委內瑞拉擔任電視記者，稍後在美國維吉尼亞大學及加州大學教書，著有《春藥》（*Aphrodite*）、《愛情及影子》（*Of Love and Shadows*）等書。

Sensuality often grows too fast for love to keep up with. Then love's root remains weak and is easily torn up. （Friedrich Nietzsche）
淫色的慾求常成長得快到愛情無法追及，如此一來，使得愛的根苗十分薄弱，極易斷裂。

愛情是世間所有東西中最脆弱精緻的，因此尤需有高深的內涵才能持久。因此愛情中的肉體關係一定得有精神做支柱，否則便只是一時肉慾的迷惑，基礎十分微薄，甚少耐得住時間的考驗，就更遑論永恆了。

解構英文：

　　sensual：耽溺於官能享樂的，好色的。名詞是sensuality。

　　片語 keep up with：不輸，不落後。

　　tear 當名詞時是「眼淚」（通常是複數形）：in tears（流著眼淚）。

　　tear 當動詞時是「撕裂」，動詞三態是：tear, tore,

torn。

片語 *tear up*：撕碎。

．．．．．．．．．．．．．．．．．．．．．．．．．．．

Friedrich Nietzsche 尼采（1844-1900）：19世
紀德國著名哲學家。著有《偶像的薄暮》
（*Twilight of the Idols*），《查拉圖斯特拉如是
說》（*Thus Spoke Zarathustra*）等。

It was an old quandary for them. He needed sex in order to feel connected to her, and she needed to feel connected to him in order to enjoy sex. （Lisa Alther）

這是男女亙古的困惑。他需要先有性才能有與她結合的感覺；而她需要先感覺與他心靈相通，才能真正享受性愛。

科學家曾說，由於生理結構的差異，性驅力極強、且視性為快樂極致的男人，平均每 6 分鐘就想到性一次。科學家也說，男人的色情胃口像是一個很難獲得滿足的貪婪之人，因此他們樂意與燕瘦環肥任何女人純粹為性而性。這一點，恐怕是女人最無法參透的一環，女人一再表示，她們的性趣不僅僅在於性愛，更包含了身體、心智、情感及心靈的結合，那分情色慾念不僅在臥室表達，實則更及於心思意念中，在日常點點滴滴的互動關係裡。

. . . .

解構英文：

　　quandary：困惑，迷惑，窮境，為難。

片語 *in a quandary*：束手無策。

. . . .

Lisa Alther 麗莎・艾薩：作品多涉及男女同性
戀等性別越界的話題，著有《其他的女人》
（*Other Women*）、《天堂的五分鐘》（*Five Min-
utes in Heaven*）等。

Sex is physiological expenditure...a superficial way of self-expression. （Salvador Dali）

性是生理學上的支出……一種膚淺的自我表達方式。

坦白說，很少男人有達利的睿智及灑脫，將性一針見血的貶為膚淺的自我表達，相反的，大多數男人習慣把性能力當成男性雄風的表象，於是有意無意的為自己訂下莫須有的標準，因此不是常誇大自己的性能力，就是加諸自己不當的期許和壓力。誠如佛洛依德所說，現代男性的性愛行為，已因過度在意能否令女性滿足，而承受濃厚的心理性性無能壓力。比較起來，女性在性愛方面的確遠比男性自如多了，而且，女人很清楚「性」本身只是一些相當有限的動作，真正能令女人癡醉心動的「性」是存之於腦子裡的意念。

. . . .

Salvador Dali 達利：西班牙畫家，早期作品以探索潛意識的意象著稱，如「欲望在順應」是相當成熟的作品。後期作品則多以宗教題材及性愛為主題，如「最後的晚餐」、「年輕處女被她自己的貞潔所難姦」等。

Sex is a clever imitation of love. It has all the action but none of the plot.（William Rotsler）

性是愛的靈巧模仿。它有所有的動作，但沒有丁點劇情。

這句話似是為男人量身打造，因為傳統認知是：無愛之性屬於男人專利，他們打了就跑的模式，與視性愛為感情進一步投資的浪漫女性，在心態上是截然不同的。因此下回當男人溫存的傾訴「我愛妳」時，可別太當真，他心裡盤算的可能是緊接著登場的一場華麗性愛；反之，當女人癡情道出「我愛你」時，她心裡多少已有與良人牽手度一生的念頭了。

William Rotsler 威廉‧羅斯勒（1926-1997）：
美國小說家，著有《遙遠的邊界》（*The Far Frontier*）、《藝術的贊助者》（*Patron of the Art*s）等，此外他還因擅於畫漫畫而獲不少獎。

In the new sex survey they found that 8 percent of people had sex four or more times a week. Now here's the interesting part. That number drops to 2 percent when you add the phrase "with partner". （David Letterman）

新的性調查發現：8％的人一周做愛4回或更多。有趣的是，當你在問卷題目末尾加上「與固定伴侶」時，該數字降為2％。

大衛的話乍聽之下有點駭人聽聞，但我相信這在某種程度上是揭露了一夫一妻制下難以逃避的副作用。曾讀過一篇文章，講述半世紀前一位負責研究血型的醫師，弄到後來竟不願發表結論，只因他發現有10％的嬰兒是通姦的產物，這表示婚外性行為絕對高於10％，因為有性行為未必會懷孕，這一發現在民風保守的1940年代，簡直是石破天驚。如今，這個比率節節升高，據統計約有60％到70％男性，及40％到50％的女性有過婚外性行為，變本加厲的原因最可能的解釋是，固定伴侶的愛隨著時間的拉長而褪色，婚外的偷香竊玉遂成為經歷性革命後的人們另一種愛的冒險。

David Letterman 大衛・賴特曼：美國電視名流，20年來共主持3000多場夜間脫口秀，所獲艾美獎項超過10個，被提名的次數多達16次之多。被《娛樂周刊》譽之為「美國國寶」。

Literature is mostly about having sex and not much about having children. Life is the other way round.
（David Lodge）

文學愛拿性事多所著墨，但甚少觸及孩子。生活則恰好相反。

　　即使是處於色情氾濫的年代，性仍不是一個人人都能暢所欲言的話題，也正因為它的飽受壓抑，及附著於它身上的各種神秘禁忌及揣度，它很自然地融入文學作品中，成為作家舞文弄墨的多汁素材。相對的，一加一等於三的性事副產品「孩子」，雖說也帶給他們的父母多重喜悅，但那種養兒育女的艱辛，較諸於撩弄兩性於床笫間的魚水之歡，何者較能讓作家揮灑時擁有天馬行空的快感，不是不言可喻嗎？

. . . .

解構英文：

　　the other way round：反過來。

David Lodge 大衛・羅吉：英國作家，寫有《靈魂與身體》（*Souls and Bodies*）、《樂園的新聞》（*Paradise News*）等小說。

_____

_____

_____

_____

_____

_____

_____

_____

_____

_____

Don't cook. Don't clean. No man will ever make love to a woman because she waxed the linoleum. （Joan Rivers）
別忙著烹煮，清理，沒有人會因為某位女人已替地板上的油布打蠟而與她做愛。

中國人說：如果管住丈夫的胃，就能管住丈夫的行蹤。這句話對注重口腹之慾的丈夫也許挺適用的，但偏偏放眼時下破碎的婚姻，受害者不乏在家安分相夫教子的賢妻良母，丈夫依然難敵外面妖嬌女子的誘惑，難怪美國社會生物學家唐納德‧西蒙曾在他的著作中稱「男人天生喜新厭舊，女人天生從一而終。」因此奉勸天下女人，家務有條不紊固然重要，注意保持美貌魅力，涵養個人內在深度更不容忽視，別以為手上套了戒指，從此無須再費心經營男女感情，須知能讓男人心動的，說穿了，還是鶯聲燕語，才智兼具的聲色之美啊。

Joan Rivers 瓊‧雷佛絲：出生於紐約布魯克林，以沙啞的招牌聲音及饒舌的幽默得意於美國電視圈。

Only newlyweds and liars make love every day.

（Bruce Lansky）

只有新婚者及說謊者每天做愛。

Bruce Lansky 布魯斯‧蘭斯基：是鼓勵美國學子欣賞並嘗試寫詩最得力的推手。

When they say "Make love, not war" at Woodstock, they never imagined that one would become as dangerous as the other. （Jay Leno）

當嬉皮在伍斯達克叫出「做愛，勿戰」時，他們從未想到「性」與「戰爭」居然可以同樣危險。

Jay Leno 傑‧雷諾：美國首席喜劇明星。過去20年來主持數百場喜劇秀，他的名字亦是艾美獎上熟悉的常客。目前他主持的深夜脫口秀的收視率，幾可與另一位老將大衛‧賴特曼相抗衡。

The Supreme Court has ruled they cannot have a Nativity scene in Washington, D.C. This wasn't for any religious reasons. They couldn't find three wise men and a virgin. (Jay Leno)

最高法院判決聲稱：他們無法在華府演出「耶穌誕生」話劇的理由，倒不是基於任何宗教考慮，而是他們無法找到 3 位智者及一位童貞女。

傑‧雷諾說這句話時，是柯林頓與白宮實習生陸文絲基有染的消息，及他與舊情人波拉‧瓊絲緋聞案鬧得不可開交之時，意在嘲諷華府男女關係混亂，打著燈籠去找個童貞女都有困難。這比喻明顯意在聳人聽聞，因為正如鐘擺理論般，美國自從經歷了 1960、1970 年代性解放後，大多數人已漸覺醒：人終究是不應該用性來執行愛的工作，因此主動回頭，高唱童貞萬歲。這幾年來，美國中學甚至吹起由妙齡女孩立下保持童貞直到婚後之誓言的風潮，而早先標榜潔身自愛的歌手小甜甜布蘭妮‧史匹爾絲，當時果然成為青少年的偶像，隱然向十多年前那位一再顛覆性的各種

可能的瑪丹娜所詮釋的放蕩年代，作出一種區隔。

. . . .

解構英文：

　　nativity：出生，誕生。

　　the Nativity：基督降生；聖誕節；聖母瑪利亞誕生節；施洗者約翰誕生節。

. . . .

　　Jay Leno 傑‧雷諾：見 303 頁。

_____

_____

_____

_____

_____

_____

_____

Nobody will ever win the battle of the sexes. There's too much fraternizing with the enemy. （Henry Kissinger）
沒有人會打贏性別戰爭的，因為總有人與敵方進行太多的親善結盟動作。

近年來儘管兩性針對平權的目標，在職場上如火如荼的一較短長，其火爆程度頗有劍拔弩張之勢，然而若真要來場性別之戰，恐怕是難斷勝負的。希臘哲學有句話是「男人的一半是女人，女人的一半是男人」，只要是異性相吸定律不變，這場戰難打不說，就算真的對立起來，亦將因有太多的男女與敵營中的女男互通款曲，而難定高下也。

. . . .

解構英文：

　　fraternize：兄弟之交，有親密的交往：fraternize with/ fraternize together。占領軍與一般市民保持友好關係；和被占領國的女性發生性關係。

　　fraternity：手足之情，宗教團體，同業的人，大學的兄弟會。

Henry Kissinger 亨利・季辛吉：美國尼克森總統執政時的國務卿，經由他的斡旋，美國與中共開展外交關係，1973 年他因促使北越停火而榮獲諾貝爾和平獎。季卿最有名的話是：「權力是絕對的春藥」（Power is the ultimate aphrodisiac.）。

A man's sexuality goes through three stages: tri-weekly, try-weekly, and try-weakly.（Sydnie Meltzer Kleinhenz）
男人的性能力將經歷 3 個階段：每周 3 次，每周試 1 次，及已欲振乏力仍勉力為之階段。

解構英文：

　　克萊漢斯老師這句話，無情地道盡男人因年歲日增而在性事方面力有未逮的事實，它的精采處在於她靈活的運用下述這幾個英文字：tri 指的是「三」的意思，如三輪車就是 tri-cycle，同音的 try 則為嘗試之意。weekly 是每周地，同音的 weakly 則為虛弱無力之意。

. . . .

Sydnie Meltzer Kleinhenz 席蒂妮‧克萊漢斯：
美國童詩及小學教科書作家。

The best contraceptive for old people is nudity.

（Phyllis Diller）

對老人來說，最佳的避孕藥是裸體。

即使容貌談不上閉月羞花，肌膚未臻吹彈可破境界，但青春的容顏漾著清純活力，是吸引異性最厚實的本錢。不幸的是，時光歲月的軌跡，總是無情的刻印在那些與青春漸行漸遠的男女軀體上，往往在他們尚未覺察前，已然色衰愛弛，垂垂老矣。本來，單純從浪漫性學觀點探討，不管是青壯期的軀體，或勾魂攝魄的胴體，赤精條條的一絲不掛，都不如輕紗薄掩來得性感挑逗，那就更別說一身垮塌得不成樣的贅肉，會落得是性生活毒藥的不堪了。

. . . .

Phyllis Diller 菲莉絲・狄勒：叱咤美國表演藝術界近 40 年，是位出色的喜劇女演員、美食鑑賞家、鋼琴演奏家、慈善家、作家、及人道主義者。

You wanna hear my personal opinion on prostitution? If men knew how to do it, they wouldn't have to pay for it. （Roseanne）

你想聽聽我對嫖妓的個人意見嗎？如果男人知道該如何做，他們根本無須花錢買春。

羅珊所言固有她的道理，但嫖妓業之所以能成為頗具歷史的人類行業，基本上有其複雜的存在理由。就以我們中國的妓史來看，打從2700年前管仲官辦「女閭」以來，我國性工作者便以官妓、娼妓、營妓、私妓、三陪小姐等名稱出現，而大紅燈籠高高掛的妓院亦有青樓、瓦舍、花舫、窰子的高下之分。當然在古時沒有影院劇院等娛樂場所，青樓女子能歌能舞，吟詩作賦，讓恩客暫拋擾人的功名利祿，所謂妓酒為歡，多少反映了中國古代文人的生活方式之一；可惜到了明清，藝妓已屬鳳毛麟角，取而代之的是色相掛帥的色妓。如今，儘管妓女境遇堪憐已是眾所周知的事實，再加上連帶有性病，流氓包庇等社會問題，禁娼掃黃一直是歷代王朝及政府要做的事，但幾乎是屢

禁復燃，即便是到今天依然無法滅絕，足見買春賣春
自有它存在的社會理由。

. . . .

解構英文：

wanna（= want to, want a）

I wanna get out of here.（我想要離開這裡。）

Wanna beer?（想要喝一杯啤酒嗎？）

. . . .

Roseanne 羅珊：自 1985 年與強尼・卡森合作
主持「今晚秀」而聲名大噪後，就一直是美國
極具票房的喜劇女演員。

_____

_____

_____

_____

_____

The big difference between sex for money and sex for free is that sex for money usually costs a lot less.

（Brendan Francis）

為錢進行性交易與免費做愛的最大差異在於，前者付出的代價通常少得多。

從表面上看，妓院裡妓女以身相許，比見了情人還嗲，真是軟玉溫香，常縈於懷，而且是招之即來，揮之則去，恩客浸於這樣的溫柔鄉裡，可將一切煩人的俗物暫擱一旁，更無須顧忌法律道德的束縛，是百分百的享艷福。然而在恣意縱情中，請別真以為妓女對你當真，她畢竟只是作戲，恩客是需要按肉體交易的行規，照價付款的。有道是「黃金有價，婊子無情」。但是金錢的支出，付完後雙方了無瓜葛，比起為感情之付出而牽掛縈懷，確實是輕鬆太多了。

Brendan Francis 布蘭登·法蘭西斯：愛爾蘭作家，以發表筆鋒尖銳的反政府言論有名，也因此有多次入獄紀錄。

A kiss is
not a kiss ...吻

A boy becomes a man when he decides it's more fun to steal a kiss than second base. （Anonymous）

當男孩發現偷到一個吻比盜上二壘有趣時，他已成年了。（無名氏）。

Kiss: A contraction of the mouth due to an enlargement of the heart. （Anonymous）

接吻是心臟擴大所引發的嘴部收縮。（無名氏）

解構英文：

Due to：由於，起因於。

The delay *is due to* shortage of hands. （延誤是由於人手不足）。

在比較注重形式的文章中，宜避免把 due to 當介詞片語使用，如：Due to the rain, the game was put off. 宜將 due to 改寫為 owing to 或 because of。

Don't let a fool kiss you, or a kiss fool you.
（GladiolaMontana and Texas Bix Bender）

別讓一個傻子吻了你，也別讓一個吻把你給騙了。

A kiss is not a kiss 吻..315

解構英文：

　　fool 及 kiss 在句子裡各出現了兩次，只是第一次的 fool 是名詞，指的是傻子；第二次出現則用作動詞「欺騙」之意。至於 kiss 在這裡恰好相反，第一個為動詞「吻」，第二個則為名詞「一個吻」。

. . . .

Gladiola Montana and Texas Bix Bender 葛萊蒂歐拉‧蒙妲娜及泰克斯‧班德：兩位作家皆以擅長發揮美國西部的幽默趣味見長。

A kiss is a lovely trick designed by nature to stop speech when words became superfluous. （Ingrid Berman）

接吻是大自然設計的可愛計策，因為它讓你在所有言語顯得多餘時停止說話。

洋人當街擁吻，看起來似乎很自然，但中國人若公然做這件事，旁觀者恐怕都要渾身不自在起來。然而，是不是所有洋人都熱中此道，那也未必。17世紀以寓言小說《格列佛遊記》（Gulliver's Travels）有名的英國諷刺作家岳納珊·斯威夫特就曾以鄙夷的口氣說：「老天爺啊，真不知是哪一個傻子率先發明接吻的！」話雖如此，從一般常理判斷，洋人認同於岳納珊的恐怕要占少數，他們大半還是免不了要像英格麗·褒曼一樣歌頌接吻的美妙呢！

· ·

Ingrid Berman 英格麗·褒曼：瑞典籍女星，因電影「北非諜影」而舉世聞名。

Kiss is unspoken promise of a soul's allegiance.
（Marion Phelps）

接吻是一個人從內心表達的一種未說出口的效忠允諾。

Marion Phelps 馬里安‧費普斯：格言家。

And when her lips touched yours they were like that first swallow of wine after you just crossed the desert.
（Al Pacino, Scent of a Woman）
當她的唇輕觸你的，那感覺就像你剛穿越沙漠後吞下的第一口酒。

Al Pacino 艾爾·帕西諾：1940 年出生於紐約，因拍一系列的「教父」電影而穩固了他在好萊塢的地位，不過為他贏得奧斯卡獎的不是教父系列的 3 部電影，而是「女人香」，這句陶醉於女人香吻的話就是出於電影「女人香」的一句對白。

A kiss can be a comma, a question mark or an exclamation point. （Mistinguette）
親吻可以是一個逗點、一個問號或一個驚嘆號。

　　浪漫情愫之所以勾人心弦，常在於它的撲朔迷離，同樣的，親吻之所以令人憧憬，亦在於它富有無限的想像空間：它可以是一樁愛情故事的中繼站；亦可是故事應否持續的反省；更可能是擦撞出一段轟轟烈烈情事的起始；難怪它為千古文人歌頌的題材。

　　· ·

　　Mistinguette 米絲廷蓋特 （1875-1956）：法國名喜劇女演員，專門在巴黎紅磨坊劇院和巴黎遊樂場演出場面富麗的時事諷刺劇。她的歌舞平平，但憑活力和信心，甚至到老年還能扮演年輕人的角色。

A kiss is something which you cannot give without taking, and cannot take without giving. （Anonymous）
接吻是件你不獲得便無法給予，你不給予便無法獲得的玩意。（無名氏）

本來吻就是一種對旁人而言都不起作用，但卻為兩個人所珍愛的儀式，它更是一個人做不來，兩個人恰恰好的親密關係見證，而且它肯定無法偽裝，必須雙方皆有等量的情分才能激出這種口唇交會的衝動。難怪常聽婦女唱嘆婚後當激情褪盡，日子回歸平淡後，雙方似乎不再作興那種分享交流於唇上的愛泉，偶爾興起，頂多來個蜻蜓點水般的一秒鐘快吻。足見熱情擁吻是維持情愛溫度的必備條件，如果連這種原為兩個人珍愛的儀式都漸從生活中消失，這分感情恐怕亦起了難以轉圜的質變了。

Kisses are like grains of gold or silver found upon the ground, of no value in themselves, but precious as showing that a mine is near. （George Villiers）

接吻就像在地面上找到的金屑或銀屑，其本身毫無價值，但在顯示金礦銀礦已近的現實上，則是彌足珍貴的。

解構英文：

mine 當「代名詞」時指的是「我的」。

Your eyes are blue and *mine* are black.

（你的眼睛是藍的，而我的是黑的）。

mine 當「名詞」時是「礦場，坑道，地雷」：*spring a mine*：引發地雷。

· ·

George Villiers 喬治·威里爾斯 （1628-1687）：威里爾斯最為人所知的頭銜是白金漢伯爵，在世時是英國皇室中呼風喚雨的人物，有關他生涯的浪漫點滴大致可從大仲馬的歷史小說《三劍客》（*The three Musketeers*）中尋得蛛絲馬跡。

To a woman a kiss is the end of the beginning; to a man it is the beginning of the end. (Helen Rowland)
對女人而言，吻是開始的結束，對男人而言，則是結束的開始。

這句話乍看似是在勾繪男女對接吻的認知，實則是在凸顯女人對愛情期待的過度單純，而男人則對到手的親密滋味不再眷戀。記得還聽過另一種更露骨的相似論調是：男人偷到第一個吻後暈陶陶的，接著他「試探」第二個吻，「要求」第三個吻，順其自然的接受第四個吻，勉為其難的承受第五個吻，然後就只好忍受所有其餘的。顯然這些話有某種程度的偏頗，至少它係站在男人的角度，替他們抒發感情被束縛後的無奈，不過從某種角度看，不啻再度證明女人對愛情遠較男人純情投入而認命啊。

Helen Rowland 海倫・羅蘭 （1876-1950）：著名格言家。

A kiss is not a kiss 吻..*323*

Don't wait to know her better to kiss her, kiss her, and you'll know her better. （Anonymous）

別等到進一步瞭解她後才吻她；吻過她，你自然就更認識她了。（無名氏）

這話其實似是而非，君不見一吻定終身，稍後卻惱悔因愛情沖昏了頭而未看清戀人真貌的遺憾。有句話不是這麼說的嘛：「接吻是使兩人如此靠近以至於無法見著彼此有何錯誤的方法。」所以，是否該躁進，恐怕答案並非一成不變哩。

_____

_____

_____

_____

_____

_____

Divorce

...離異

Divorce is a severance caused by matrimony and followed by alimony.（Anonymous）
離婚是婚姻引發的一種關係斷絕及隨之而來的贍養費。（無名氏）

Alimony is the male's best proof that you have to pay for your mistakes.（Anonymous）
贍養費是男人犯錯要付代價的最佳證明。（無名氏）

Faults are thick where love is thin.（Christopher Harvey）
一朝情愛淡，事事不順眼。

這句話似能與另外一句至理名言「埋怨是愛情的死刑」相呼應。其實何止愛情，此語甚至可廣泛運用到其他關係上。可不是嗎？一旦你對某人有偏見，對他所做的任何事極有可能都看不順眼。差別在於，同事朋友不對眼，大不了不打交道，但失和的夫妻就無法如此瀟灑了！可憐大多數怨偶，迫於各種客觀因素，特別是社會輿論的壓力，還得維持美滿姻緣的假

象，無奈地過一生，那情形有點像穿著破舊內衣，外罩光鮮華服，個中的苦，只有當事人明白。

- -

Christopher Harvey 克里斯多福・哈維 （1597-1663）：英國詩人。

_____

_____

_____

_____

_____

_____

_____

_____

_____

All discarded lovers should be given a second chance, but with somebody else. （Mae West）

所有被遺棄的戀人皆應被給予第二次機會，但跟另一位新的對象。

紅塵碧海，失戀的人應怎樣處理存有瑕疵的愛情？如何走出情困的死胡同？這似乎得靠當事人的境由心轉，把多變視為正常，承認緣分的宿命性，試著把胸懷放寬些，想想曾擁有總比沒有好，至少你的人生曾因這段情而豐富，經過這段苦難的洗禮，假以時日，必能從泥淖中爬出，與有緣人共譜另一篇美麗的樂章。

. . . .

Mae West 梅伊・韋斯特：見 142 頁。

It is only love that has already fallen sick that is killed by absence. （Diane de Poitiers）

只有當愛情已出現病容時，這種愛才會因一方不在身旁而遭扼殺。

中國俗話「小別勝新婚」，描繪的多半是感情濃烈時才有的景況，倘愛情基礎鬆動，空間時間上的距離很容易就成了終結愛情的殺手。

. . . .

Diane de Poitiers 黛安‧波提耶：法國亨利二世的情婦，她不僅秀麗婉約，且精於詩文及藝術。

_____

_____

_____

_____

_____

It would be a happier world if love were as easy to keep as it is to make. （Anonymous）

如果愛情的維持與製造同樣容易的話，這將是一個快樂得多的世界。（無名氏）

解構英文：

此句為條件句，表示跟現在或未來的事實相反的假設和想像。條件子句（if 子句）動詞用過去式。

提示：be 動詞只用 were 一式。

主要子句動詞用「過去式助動詞」（should, would, could, might 等）＋原式。

If I *had* a car, I *should* be very happy. (But I have no car.)

If it *were* not raining, we *should* go for a picnic. (But it is raining.)

When someone asks "Why do you think he's not calling me?" There's always one answer — He is not interested. There's not ever any other answer. （Fran Lebowitz）

當某人問：「你想他為何不打電話給我？」 答案永遠只有一個：「他沒興趣」，絕對不會有其他答案的。

Fran Lebowitz 法蘭·麗波微茲：美國電視名嘴，以幽默見長。著有《都會生活》（*Metropolitan Life*）、《社會研究》（*Social Studies*）兩本風評頗佳的書。

_____

_____

_____

_____

_____

_____

_____

談情說愛學英文

2003年8月初版　　　　　　　　　　　　　　定價：新臺幣220元
有著作權・翻印必究
Printed in Taiwan.

著　　　者	鄭　麗　園
發　行　人	劉　國　瑞

出　版　者	聯經出版事業股份有限公司	責任編輯	何　采　嬪
台北市忠孝東路四段555號		校　　對	楊　蕙　苓
台北發行所地址：台北縣汐止市大同路一段367號		封面設計	王　振　宇
電話：(02)26418661	
台北忠孝門市地址：台北市忠孝東路四段561號1-2樓	
電話：(02)27683708	
台北新生門市地址：台北市新生南路三段94號	
電話：(02)23620308	
台中門市地址：台中市健行路321號	
台中分公司電話：(04)22312023	
高雄辦事處地址：高雄市成功一路363號B1	
電話：(07)2412802	
郵政劃撥帳戶第0100559-3號	
郵撥電話：26418662	
印　刷　者	雷射彩色印刷公司	

行政院新聞局出版事業登記證局版臺業字第0130號

國家圖書館出版品預行編目資料

談情說愛學英文 / 鄭麗園著 . --初版 .
--臺北市：聯經，2003 年（民 92）
344 面；14.8×21 公分 .

ISBN　957-08-2561-8(平裝)

1.英國語言-讀本　2.格言

805.18　　　　　　　　　　　　92000701

英語學習書系列

●本書目定價若有調整，以再版新書版權頁上之定價爲準●

繽紛版系列

聯副文叢系列

●本書目定價若有調整，以再版新書版權頁上之定價爲準●

聯經出版公司信用卡訂購單

信用卡別： ☐VISA CARD ☐MASTER CARD ☐聯合信用卡

訂購人姓名： ＿＿＿＿＿＿＿＿＿＿＿＿＿＿＿＿＿

訂購日期： ＿＿＿＿＿年＿＿＿＿＿月＿＿＿＿＿日

信用卡號： ＿＿＿＿＿ ＿＿＿＿＿ ＿＿＿＿＿ ＿＿＿＿＿

信用卡簽名： ＿＿＿＿＿＿＿＿＿＿＿＿＿(與信用卡上簽名同)

信用卡有效期限： ＿＿＿＿＿年＿＿＿＿＿月止

聯絡電話： 日(O)＿＿＿＿＿＿＿夜(H)＿＿＿＿＿＿＿

聯絡地址： ☐☐☐＿＿＿＿＿＿＿＿＿＿＿＿＿＿＿＿

訂購金額： 新台幣＿＿＿＿＿＿＿＿＿＿＿＿＿＿元整
（訂購金額 500 元以下，請加付掛號郵資 50 元）

發票： ☐二聯式 ☐三聯式

發票抬頭： ＿＿＿＿＿＿＿＿＿＿＿＿＿＿＿＿＿＿

統一編號： ＿＿＿＿＿＿＿＿＿＿＿＿＿＿＿＿＿＿

發票地址： ＿＿＿＿＿＿＿＿＿＿＿＿＿＿＿＿＿＿

如收件人或收件地址不同時，請填：

收件人姓名： ☐先生
＿＿＿＿＿＿＿＿＿＿＿＿＿＿＿＿＿＿ ☐小姐

聯絡電話： 日(O)＿＿＿＿＿＿＿夜(H)＿＿＿＿＿＿＿

收貨地址： ＿＿＿＿＿＿＿＿＿＿＿＿＿＿＿＿＿＿

・茲訂購下列書種・帳款由本人信用卡帳戶支付・

書名	數量	單價	合計
		總計	

訂購辦法填妥後
直接傳眞 FAX：(02)8692-1268 或(02)2648-7859
洽詢專線：(02)26418662 或(02)26422629 轉 241